帝国最強の天才騎士、冒険者に憧れる
蒼井美紗
[illustration] LINO

フランツ・
バルシュミーデ

無双の騎士団長、新人冒険者になる
マリーア
「もしかしてとんでもない人の仲間になっちゃった……？」
「これが冒険の第一歩か……！」

「石弾の次は雷撃なんて、
あんた何属性使えるのよ！」

新人冒険者のそれじゃない
「鍛錬次第だぞ？」

タタ
エッグリート

「さいっこうに強くてカッコよかったよ！
あたしと結婚して!!」
獣人の集落で

CHARACTERS

フランツ・バルシュミーデ

真面目で少し浮世離れしたところがある、剣術と魔法の天才。
その実力は若くして帝国第一騎士団の団長まで上り詰めたほど。
武功を上げた褒美として長期休暇をもらい、憧れだった冒険者となる。

マリーア

フランツの初めての冒険者仲間。風魔法が得意な魔法使い。

レオナ

冒険者ギルドの試験員。

タタ

明るく元気な犬獣人の少女。
強い人が大好き。

エルマー・ヒットルフ

フランツの帝立学園時代からの友人。
帝立植物研究所の副所長。

カタリーナ・エルツベルガー

侯爵家の長女で、三人いる
フランツの婚約者候補の一人。

エッグリート

獣人の集落の長で、タタの父親。

イザーク・ホリガー

第一騎士団の副団長で、
フランツの右腕として働く苦労人。

帝国最強の天才騎士、冒険者に憧れる

蒼井美紗

角川スニーカー文庫

24476

CONTENTS

design work：木村デザイン・ラボ
illustration：LINO

プロローグ

大陸一の大国であるシュトール帝国。その中心地である帝都の宮殿にて、隣国との大戦で多大な戦果を挙げた騎士を労《ねぎら》うため、謁見が行われていた。

シュトール帝国の皇帝であるグスタフ・シュトールが告げる。

「フランツ・バルシュミーデ第一騎士団長。先の大戦では前線で軍を率いての出陣、誠に見事であったと聞いておる。そなたの活躍あっての完全勝利だろう」

「賛辞のお言葉、ありがたく頂戴いたします。しかし騎士たちの力あってのこと。私は一翼に過ぎません」

一騎当千と讃《たた》えられる活躍を見せたフランツであるのに、述べたのは謙遜の言葉だ。

そんなフランツに、皇帝は満足げな面持ちで頷《うなず》くと、鷹揚《おうよう》に口を開いた。

「その心持ちは、評価に値しよう。しかしお主がいたからこそ、騎士たちが力を発揮できたのもまた事実。そこで我としては、お主に褒美を取らせようと思う。なんでも言ってみよ。叶《かな》えてしんぜよう」

機嫌の良い皇帝のなんでもという言葉に、それまで真面目な表情を崩さなかったフランツは、僅かに口端を持ち上げる。

そして、昂《たかぶ》る気持ちを抑えて一言。

「では、長期休暇をいただきたく思います」

その言葉は謁見の間に響き渡り、しばしの沈黙が場を満たした。

「――長期休暇、と言ったか？」

沈黙を破ったのは、困惑が滲《にじ》んだ皇帝の発言だ。

「はい。私は十五で帝立学園を卒業してから五年間、騎士として祖国のために働いてきました。その日々はもちろん、とても充実した素晴らしいものでしたが……どうしても叶えたい夢が一つあるのです」

フランツが口にした夢という言葉は、皇帝だけでなく謁見の間にいた全ての者の興味を引いた。

シュトール帝国にある五つの公国。そのうちの一つであるバルシュミーデ公国を治める公爵家の直系に次男として生まれ、頭脳明晰《めいせき》で剣術と魔法の比類なき才能を持ち、百年に一人の逸材とまで言われた男が叶えたい夢とは何なのだろうか。

皆が期待の眼差《まなざ》しを向ける。

人類の悲願である外海の探索か、前人未踏である大樹海の開拓か、人類では不可能とされている霊峰の頂に挑むのか、それとも後世に名を残すような研究か――そんな期待が膨らむ中で、皇帝が問いかけた。

「して、その夢とはなんなのだ？」

瞳を輝かせて頬を紅潮させたフランツの返答は、

「冒険者になることです！」

あまりにも予想外なものだった。

誰もが聞き間違えかと己の耳を疑う。

「……ぼ、冒険者、と言ったのか？」

皇帝が玉座の背もたれから体を起こし、混乱の表情で口を開いた。

それも仕方がないだろう。

冒険者とは、帝国では底辺職と言われている職業なのだ。

「はい。私は冒険者となり、国を巡りたいと思っております。もし休暇を頂戴できるのであれば、一年……いや二年いただけると、とてもありがたいです」

フランツがあまりにも自然と冒険者になりたいと語ったことで、皆の頭にはある可能性がよぎった。

そう、冒険者になることに何か大きな意味があるのではないかという可能性だ。

帝国最強の天才騎士、百年に一人の逸材がやることには必ず深い意味があるはずだと、皆が頭をフル回転させる。

（ついに幼少期から憧れていた冒険小説の主人公のように、カッコいい冒険者になれる時が来た……！）

フランツの内心はこの通りであり、深い意味などはなく、ただ冒険小説に憧れているだけなのだが……それが分かる者はこの場にいない。

僅かなざわめきが広がる謁見の間にて、皇帝が宣言した。

「――良かろう。先の戦争により情勢は安定したと聞いている。フランツには二年の休暇を与えよう。しかし休暇途中に何かあれば、呼び出す可能性は考慮しておいてほしい」

「かしこまりました。ありがたき幸せにございます」

頭を下げたフランツの顔には、隠しきれない喜びが浮かんでいた。

第一章 旅の始まりは仲間から

謁見終了から数時間後。フランツは優秀な頭脳を活《い》かして引き継ぎを最速で終えると、必要最低限の荷物を持って騎士寮を後にした。

そして向かうは、もちろん庶民向けの服飾店だ。

冒険者になるにはまずは形からということで、公爵家子息としての私服からワイルド路線のちょっとゴツい服に着替える。

「店主、どうだろう。似合っているか？」

試着室から出てきたフランツに、店主の男は引《ひ》き攣《つ》った笑みを浮かべた。

安い庶民服しか扱っていない店に、突然どこからどう見ても高位貴族である男がやってきたら、それは戸惑うだろう。

「お、お客様には、こちらの方がよろしいかと……」

しかし店主は、意を決した様子で暗に似合ってないと伝え、この店で一番上等なのだろう服を差し出した。

それほどに、ワイルド路線の庶民服とフランツはミスマッチだったのだ。

さらさらと輝く金髪に翠《みどり》色の美しい瞳、整った顔立ちにしっかりと付いた筋肉、しかし受ける印象はスラッとしていて、手足が長い。肌は手入れをされていて、立ち居振る舞いは優雅だった。

誰が見ても美しくカッコいいと評すその容姿に、ワイルド路線の服は厳しい。

「そうか？　私はこれが気に入ったのだが」

そう呟《つぶや》いたフランツに店主の男がビクッと体を震わせる中、フランツは店主が差し出した服も手に取った。

（確かにこの服も良い。しかし今着ているものは、まさに冒険者というデザインを気に入っているのだが……。ただ最初の選択だ、ここはプロである店主の意見を採用しよう）

「今回はこちらにする」

フランツのその言葉にホッと息を吐《つ》いた店主は、笑顔でフランツから服を預かる。

「かしこまりました。こちらも試着なさいますか？」

「そうだな。問題なければ、そのまま着ていこう」

そうして服飾店で綺麗《きれい》な庶民服に着替えたフランツは、意気揚々と武具店、防具店、雑貨店と回り、各店舗で店主たちを困惑させながら買い物を済ませた。

冒険者として必要なものを身に付けたフランツは、一応貴族オーラを消すことには成功している。

ただよくいる冒険者と比べたら、あまりにも綺麗すぎるが。

「これで完璧だな。ではさっそく、冒険者ギルドで登録だ」

足取り軽く大通りを進むフランツは、冒険者ギルドの本部である帝都中央ギルドに向かった。


ギルドに到着して入り口の扉に手を掛け、フランツは期待に胸を膨らませながら開いた。

この先にいるのはあの冒険小説の主人公のような、命懸けで魔物を倒して皆を救い、貧しい者たちの助けとなり、果てには国を救うような英雄たちなのだ。

自分もそんな冒険者の仲間入りだと、フランツの頬はこれ以上ないほど緩んでいる。

扉を開けた先にあった光景は――。

まだ夕方であるこの時間からギルド併設の食堂で酒に呑《の》まれてる冒険者と、受付のギルド職員に下卑た笑みを向ける冒険者だった。

そんな酷《ひど》い光景を見て、フランツが思ったのは、

(やはり冒険者はワイルドなのだな……！　普段は凄《すご》い存在だということをひけらかさない冒険者が、いざという時に命をかけて皆を守るのがカッコいいのだ。この時間から酒を飲んでいるのは体の毒性を高める訓練か……そして受付のギルド職員と仲を深めるのは、

情報収集が目的だろう。さすが冒険者だな)

そんな的外れな感想だった。

フランツの冒険者に対する評価は、とにかく高いのだ。

冒険者の内実は深読みする必要もなく、まさに見たままなのだが、フランツの目には冒険小説によって、冒険者は素晴らしいというフィルターが掛かっていた。

なぜそんなことになっているのかというと、それはフランツが今まで置かれてきた環境によるものが大きい。

フランツは公爵家次男という高貴な生まれの上に、幼少期から天才だ神童だと、とにかく大切に育てられた。そのため少し、世間知らずなのだ。

特に市井の実情というのを、知る機会がなかった。

帝立学園でも騎士団でも、周りにいたのは選《え》りすぐりのエリートばかりだ。

さらに騎士としての仕事でも、フランツに割り振られていたのは、凶悪な魔物討伐や戦争への対処など、帝国にとって無視できない大きな事件が多かった。

その影響で、フランツは軽犯罪に触れることがほとんどないままこれまでを過ごし、少し誤解しているところがある。

この世にいる大多数の人間は、正しい正義感を持ち合わせていると考えているのだ。

まさか冒険者の実情が、ごろつきのような柄の悪い者たちばかりだとは、想像すらしていない。

それゆえにただの酔っ払いとナンパが、フランツの中では高尚な行動に置き換わった。

「おいっ、そこのお前！　ニコニコニコニコ、うざってぇんだよ！」

酔っ払い冒険者の一人が、酒を手にしたままフランツに食ってかかる。

「依頼者かぁ？」

「いや、私はこれから冒険者登録をするところだ」

「はぁ？　お前みてぇなお綺麗な面してるやつが冒険者だなんて笑わせるぜ！　底辺しかいねぇ冒険者になって、優越感に浸ろうってか⁉」

容姿が良いというだけで、冒険者以外の職種に苦労せず就職できることは周知の事実なため、酔っ払い冒険者はフランツのことを冷やかしだとしか思っていないようだ。

「いや、そんなことはない。先輩冒険者の皆さんには、たくさん学ばせてもらいたいと思っている」

「白々しい嘘《うそ》を言いやがって……！　俺らを馬鹿にしてんだろ⁉」

真《ま》っ直《す》ぐな瞳でフランツが告げると、酔っぱらい冒険者の地雷を踏んだらしい。冒険者は怒鳴るように叫ぶと、酒が入った木製のジョッキでフランツの側頭部に殴りかかった。

しかしその攻撃は、フランツに当たることなく片手で軽々と防がれる。

さらに衝撃で飛び散った酒はフランツの高度な風魔法によって、一滴もフランツに掛かることなく床に落ちた。

突然殴りかかってきた酔っ払い冒険者に向けるフランツの瞳は——先ほどまでの尊敬がこもった眼差《まなざ》しではなく、絶対零度の冷たい視線だ。

「街中での突然の暴行は帝国法第七条第一項、正当な理由なしに他者へと危害を加えることを禁ずる、との法律に違反している。お前のような無法者に、素晴らしき冒険者を名乗る資格などない！　冒険者の名を貶《おとし》める行為、許さんぞ！」

フランツは怒っていた。

自身に危害を加えられたことに対してではなく、罪を犯そうとする愚かな人間に、そしてそんな悪人によって、冒険者の地位が貶められようとしていることに。

周囲の者たちは思った——怒るところ、間違えてない？

「なっ、突然わけが分からねぇことを言いやがって！　お前らやっちまえ！」

酔っ払い冒険者は同じテーブルで酒を飲んでいた仲間を呼び、全員でフランツに飛びかかった。しかし帝国最強の騎士であるフランツ、この程度の冒険者が何人束になったところで敵《かな》うはずもない。

流れるような動きで、酔っ払い冒険者を一瞬にして床に沈めた。

「……冒険者は皆の憧れゆえ、犯罪者に目を付けられてしまっているようだな」

眉を顰《ひそ》めながらそう呟いたフランツは、ちょうど持っていた縄で酔っ払い冒険者たちの手首をまとめて縛り上げる。

(最初にこのような輩《やから》と出会えたのは幸運だったな。これで冒険者に降りかかっていた悪意を、少しは払えただろうか)

フランツは満足げな笑みを浮かべると、近くにいたギルド職員に声をかけた。

「そこの方、少し良いか?」

「はっ、はい……!」

「帝都警備隊を呼んでもらいたい。この者たちを引き渡したいのだ」

「か、かしこまりました!」

職員が慌ててギルドを出ていくのを見送ったところで、フランツは別の酔っ払い冒険者に声をかける。

いや、すでに先ほどの戦闘を目にしたことで、酔いは完全に覚めている冒険者だ。

「そこの方、頼みがあるのだが」

「はいっ、なんでしょうか……!」

フランツの強さを目の当たりにした冒険者は、緊張の面持ちで慌てて立ち上がった。

「こいつらが逃げぬよう、縄を持っていてほしいのだ。私は冒険者登録を済ませてしまいたい」

「も、もちろんです!」

　その冒険者は即座に動き、フランツから縄を受け取った。さらにはナンパをしていた冒険者たちも、恐怖からかフランツに笑みを向けながら一つの受付を指し示す。

「こちらの受付で、登録ができますっ！」

「そうか、ありがとう」

　親切な冒険者たちが多数を占めていることが実感できたフランツは、嬉《うれ》しさのあまり口角が上がった。

（やはり、冒険者とは素晴らしい者たちの集まりなのだな。即座に犯罪者捕縛への協力をしてくれて、さらには初心者に優しく指導をしてくれるのだから）

　実際はフランツが怖いからこそであるが、それには気づかない。

「冒険者登録をしたいのだが、手続きを頼む」

　受付にいた女性に声をかけると、女性は緊張しているのか僅かに表情を強張《こわば》らせながらも、即座に頷《うなず》いた。

「か、かしこまりましたっ」

　女性が差し出した書類に記入をして、冒険者カードを作成してもらう。

「ぼ、冒険者ギルドの説明は、お聞きになりますか……？」

「ああ、聞いておこう」

「かしこまりました……冒険者の皆さんにはあちらに貼られた依頼を受注、達成していただきます。依頼達成によって報酬が支払われる仕組みです。ただ冒険者にはランクというものがあり、ご自身のランクより一つ上の依頼までしか受けられません。ランクはFからAまでの六段階が基本で、依頼達成の実績と、Cランク以上は実技試験によって上がり、Aで多大な功績を上げるとSという特別なランクもあります。ぜひランクアップを目指してください」

そこで言葉を切った女性は、まだ少し緊張している様子ながらもフランツを見上げた。

「ありがとう、よく分かった。また何かあれば質問させてもらう」

「も、もちろんですっ」

Fランクの冒険者カードを受け取り、フランツは受付から離れる。

先ほど捕らえた酔っ払い冒険者たちは大人しくしているだろうかと、冒険者ギルド内に視線を巡らせたところで、誰もが遠目に見ていたフランツに声をかける者がいた。

鮮やかな赤髪のウルフボブヘアに魔法使い用の杖《つえ》を持った、若い女性だ。

「ちょっといい？」

「ん、なんだ？」

フランツは女性の声に、そちらを振り向く。

すると女性はフランツに近づき、まじまじと近くから顔を見上げた。さらにはペタペタと体に触り、筋肉を確かめる。

「顔よし体よし、さっきの戦いぶりも強かったし……もし嫌じゃなければ、わたしと組まない？　前衛が欲しかったのよ」

女性はカラッとした笑みを浮かべて、そんな提案をした。

「それは、仲間になるということか？」

「ええ、そうね。パーティーを組まないかってことよ」

パーティー。その言葉に、フランツの表情は一気に輝く。

冒険者というのは数人一組で活動することが多く、その少人数組織のことをパーティーと呼ぶのだ。冒険小説では、必ずと言って良いほど出てくる存在だった。

「もちろんだ。ぜひ仲間になろう」

満面の笑みで即決したフランツに、仲間に誘った女性の方が困惑の表情を浮かべる。

「そんな簡単に決めていいの？　わたし、思ったことをストレートに言いすぎちゃうし、そのせいで今までパーティーが上手《うま》くいったことがないの。女のくせに可愛《かわい》げがないとも言われたし……」

「ああ、問題ないな、嘘を言われるよりも良いだろう。私は正直者が好きだ。それに冒険者というのは、最初に出会った仲間が生涯の相棒になるものだからな！」

冒険小説の読みすぎである。

「それよりも、君は私で良いのか？　会ったばかりだが」

フランツのよく分からない理由に困惑していた女性は、その問いかけにはすぐ頷いた。

「ええ、なんだかピンときたの。他の冒険者と違う気がするってね。それにイケメンは見てるだけで楽しいじゃない？」

「そうか、それならばパーティーを組もう。これからよろしく頼む」

笑顔で差し出したフランツの手を、女性はしっかりと握り返す。

「これからよろしくね。わたしはマリーアよ」

「マリーアか。私はフランツだ」

そうしてパーティーが一つ生まれたところに、ちょうど帝都警備隊員が数人やってきた。

「こちらで乱闘があったと聞いたのですが」

「ああ、呼んだのは私だ」

フランツは笑顔で警備兵たちを迎え入れ、他の冒険者に見張っておいてもらった酔っ払い冒険者を、縄で縛ったまま引き渡す。

帝都警備隊の面々は何気なくフランツに視線を向け——そのうちの一人が、目をこれでもかと見開いた。

「だ、だ、第一の、騎士団の……!?」

慌てすぎて何を言っているのか分からない有様の警備兵に、他の兵たちは怪訝《けげん》な視線を向ける。他の警備兵はフランツの顔を知らないようなので、その警備兵が慌てている理由が分からないのだろう。

「おい、どうしたんだ？」

「人の顔を見て失礼だぞ」

「もしかして、私のことを知っているのか？　今は休暇中で……」

フランツは名乗ろうと口を開きかけたが、ふとある考えが頭をよぎった。

（第一騎士団の団長という身分を明かすと、冒険者ではなく騎士団長になってしまわないか……？）

急を要さない限りは身分は明かさないと瞬時に決め、フランツは笑みを深める。

「知り合いにでも顔が似ているのか？」

そう言われた警備兵は、こんなところに、しかも冒険者の格好で騎士団長がいるはずがないと思い直したのか、慌てて頭を下げた。

「も、申し訳ございません！　人違いだったようで……」

「そうか、別に構わない。ではこの者たちを頼んだぞ」

「はっ、ご協力感謝いたします」

そうして素晴らしき冒険者ギルドに巣食っていた悪を取り除いたと満足したフランツは、上機嫌でマリーアに視線を向ける。

「ではマリーア、冒険者御用達《ごようたし》の居酒屋を教えてくれないか。やはり夜は仲間と酒を酌み交わすのが冒険者だろう？」

マリーアは酒を好んでいるのか、フランツの提案を聞いて楽しそうに口角を上げた。

「ふふっ、わたしは強いわよ？」

「望むところだ」

そうしてフランツの冒険者生活一日目は、さまざまな店や冒険者ギルドにちょっとした波乱を巻き起こしながらも、冒険者としての仲間を得て、概《おおむ》ね平穏に過ぎていった。

◇　◇　◇

フランツが居酒屋でマリーアと共に酒を飲んでいた頃。

宮殿の一室では、緊急会合が開かれていた。

参加しているのは皇帝と宰相、そしてフランツの右腕として働いていた第一騎士団の副団長であるイザーク・ホリガー、さらにフランツの父親であるバルシュミーデ公爵だ。

「まさか褒美を取らせる話が、こんなことになるとはな」

「皇帝陛下、本当に二年もの休暇を与えて良かったのですか？　フランツ騎士団長の存在は、我が国にとって大きなものですが」

皇帝の呟《つぶや》きによって会合は開始となり、次に口を開いたのは宰相だ。宰相の言葉に、皇帝は眉間に皺《しわ》を寄せる。

「それは分かっておる。ただなんでもと言った手前、叶《かな》えんわけにはいかないだろう。それにフランツ騎士団長がやることならば、何かしらの意味があるはずだ」

幼少期から神童と噂《うわさ》され、帝国で最高峰の帝立学園に首席入学、そして首席卒業し、高レベルでの文武両道を実現。さらには正義感に溢《あふ》れた素晴らしい人格者であり、騎士として次々と功績を立て、隣国との戦争にて完全勝利に大きく貢献した。

ここまでの経歴を並べられては、皇帝はフランツに絶大な信頼を置いていた。それは宰相も同じだ。

「確かに、そうでございますね。底辺職と言われる冒険者をやることに何の意味があるのか……凡才の私には想像もつきませんが」

冒険者とはシュトール皇家によって、貧民の受け皿確保という目的のために作られた職業だ。さらには魔物の被害抑制と魔物素材の収集という目的もあるため、冒険者の仕事は危険でキツいものばかりになっていた。

それゆえに、他の仕事ができない者が行きつく職業、底辺職と言われているのだ。

「我にも分からん。天才の考えは、周囲の者には分からないものなのだろう」

そう言って皇帝と宰相が納得している中で、イザークと公爵は微妙な表情を浮かべていた。

特に、イザークは苦々しい表情だ。

（絶対になんの意味もないだろうな……団長、冒険者に憧れてるって言ってたし。というか、なんでここまで高評価なのか。確かにあの人は天才だと思う。それは認める。でも頑固で融通利かないし、思い込み激しいし、清廉潔白すぎて面倒くさい人なんだよなぁ）

「イザーク副団長、第一騎士団はフランツ騎士団長不在で回るか？」

イザークがフランツのことを考えていると、皇帝がそう問いかけた。それにイザークは一瞬で意識を切り替え、皇帝に真面目な表情を向ける。

「はい。団長がしっかりと不在時の対応に関して残してくださいましたので、問題なく運用できるかと思います。ただ団長の求心力がなくなるのは痛いため……定期的に騎士たちの士気が上がるようなイベントを開催していただけると助かります」

「それは各騎士団同士の交流戦などか？」

「もちろんそれもありがたいですが、皇帝陛下に顔を出していただけると、皆の士気も上がるかと」

イザークのその言葉に、皇帝は「ふむ」と呟きすぐに頷《うなず》いた。

「では数ヶ月後にでも、訓練の視察をしよう」

「ありがとうございます」

「お主の副官などを増やす必要はあるか？」

「そうですね……」

(正直、団長がこなしていた仕事は膨大で、それを全て肩代わりするのはかなり難しい。ただ新しい人を入れるのもリスクが高いんだよなぁ……)

フランツは不正とも言えないようなちょっとした誤魔化《ごまか》しも見逃せないため、部下たちにも高い清廉潔白さが求められ、馴染《なじ》める者が少ないのだ。

今まで何人もの部下が異動や辞職するのを見てきたイザークは、新たな人材を雇うのに消極的だった。

(正しいのはあの人だっていうのも、難しいところなんだよな)

色々と悩んだイザークは、最終的に首を横に振る。

「とりあえず、現状の人員で頑張ってみます。ただどうしても回らないようであれば、またご相談させていただけるとありがたいです」

「分かった。ではその時には要望を出すように」

イザークにそう言って話を終わらせた皇帝は、今度は公爵に視線を向けた。

「バルシュミーデ公爵は、フランツ騎士団長から何かを聞いていたのか？」

「いえ、何も聞いておりませんでした」

「そうか、バルシュミーデ公国の方に問題はないか？」

「そうでございますね……フランツは公爵家の仕事をしているわけではございませんし、

大きな問題が起こることはないかと思います」

（というよりも、問題は我が領地ではなく、これから一人で自由に動き回るフランツ本人だろう。あいつは確かに天才だが、大切に真面目に育てすぎたのか、ちょっと浮世離れしたところがあるからな……）

公爵はそんなことを考えながら、不安を表に出さないよう飲み込んだ。

「分かった。ではバルシュミーデ公爵も、何かあれば我に伝えるように」

「かしこまりました。ご配慮感謝いたします」

「フランツ騎士団長の休暇によって、国がどう良くなるのか楽しみであるな」

そう言って上機嫌な笑みを浮かべた皇帝と、その言葉に頷く宰相に対して、イザークと公爵の心の声はほとんど一致していた。

（団長、頑固さを発揮して問題を起こさないでくださいよ……）

（フランツ、問題を起こしてくれるなよ）

それからも四人での会合は、フランツに対する評価のすれ違いが起きたまま、しばらく続けられた。

第二章 初依頼は薬草採取

マリーアが寝泊まりしている宿の一室を借りたフランツは、朝日が昇る頃に目を覚まして、早朝の鍛錬をしっかりと行った。

これはフランツが幼少期から欠かさず行っているルーティンで、高熱が出てベッドから出られない時以外は休んだことがない。昨夜はマリーアと常人なら倒れるほどの酒を飲んだというのに、全くその片鱗《へんりん》を感じさせない爽やかさだ。

「あんた、本当に昨日飲んでたのお酒だったの？」

ふわぁと大きな欠伸《あくび》をしながら、宿の前で剣を振るフランツに声をかけたのはマリーアだ。

「もちろん酒だ。昨日は冒険者を堪能できて、とても楽しかった」

「そう、それなら良かったけど」

そこで言葉を切ったマリーアはフランツの顔をじっと見つめると、昨日を思い出すようにして口を開いた。

「冒険小説の主人公に憧れてるって、あれ本当の話なのよね？」

「もちろんだ。私はずっとあのような冒険者になりたいと願っていた。素晴らしき職業に就けて幸せだ」

昨夜、フランツは冒険者への憧れを、マリーアに輝く瞳で語ったのだ。

フランツの返答を聞いたマリーアは、疲れたように息を吐き出す。

「はぁ、あんたみたいな純粋な大人、どうやったら出来上がるのかしら。——でもまあ、わたしは嫌いじゃないわよ」

フランツには聞こえない声音でそう呟くと、マリーアは笑みを浮かべながらフランツの下に向かった。

「今日はさっそく依頼を受けるわよ？」

「ああ、楽しみだ！」

宿で朝食を済ませて冒険者ギルドに来た二人は、フランツが受けられるFランクとEランクの依頼が貼られている場所に向かった。

「そういえば、マリーアは何ランクなのだ？」

「わたしはCよ。でもD以上の依頼はフランツが受けられないから、とりあえず今は候補外ね」

「そうか……では、まずはこれだな」

フランツが瞳を輝かせながら手にした依頼票は、ある薬屋から出されている薬草採取依頼だ。

「え、なんでそれなのよ。昨日の動きを見た限り、あんた強いでしょ？　Eランク依頼の魔物討伐でいいじゃない」

「いや、冒険者はまず薬草採取からと決まっているんだ。それからこれも」

次に手に取ったのは街中の雑用依頼だ。

孤児院の窓拭き掃除という、かなり地味で報酬も微々たるものな依頼を見て、マリーアはあからさまに顔を顰《しか》めた。

「その依頼、街の外に出るのが危ない子供がやるやつよ？　このビッグラビット討伐の方が……」

「いや、初日だけは譲れない！　冒険者が必ず歩む道だからな」

それは冒険者が必ず歩む道ではなく、フランツが読んできた冒険小説の主人公が必ず最初に歩んでいた道なのだが、フランツは譲らない。

「あんたって、頑固なのね……まあいいわ。じゃあその二つね」

押し問答をしても意味がなさそうだと判断したのか、マリーアはフランツが選んだ依頼の二つを手に取った。

「マリーアありがとう！」

「はいはい、じゃあ受付行くわよ」

それから無事に依頼を受注した二人は、帝都の外に向かった。

「今回受注した依頼はヒール草の採取だから、行き先は草原ね」

「森に近い草原の方が群生している可能性が高いから、そちらへ行こう」

「よく知ってるのね」

フランツの知識に、マリーアは意外そうに顔を上げた。冒険者の間では常識だが、昨日登録したばかりのフランツが知っていることに驚いたのだろう。

「魔物や植物に関する知識は、国内のものなら基本的に把握している」

少々残念な部分もあるフランツだが、天才なことは確かなのだ。

帝立学園で習うようなことや、騎士としての職務に必要な知識は、完璧に備えている。

「へぇ～凄《すご》いじゃない。じゃあ、色々教えてもらうわね」

「もちろん教えよう。マリーアは私の仲間だからな」

爽やかな笑顔でそう言ったフランツに、マリーアはじっとフランツの顔を見つめてから呟いた。

「あんた、やっぱり顔がいいわね」

「ふむ、よく言われるな」

「そこは謙遜しなさいよ。まあでも、あんたぐらいになると謙遜する方が嫌味《いやみ》ね」

そう納得して先に進んでいくマリーアに、フランツは少し首を傾《かし》げる。

「マリーアは最初の時にも顔が良いと言っていたが、それにしては他の女性たちと反応が違うな。私の美醜など気にしてないようだが」

「そんなことないわよ。常に見るものは綺麗《きれい》な方がいいでしょ？　でもそうね、わたしは惚《ほ》れた腫れたに興味ないから」

そう言ってひらひらと手を振るマリーアに、フランツは嬉《うれ》しそうに口角を上げた。

「そうか、それは奇遇だな。私も恋というものは分からない」

「あぁ……あんたぐらいカッコいいと誰でも手に入るものね。逆に興味が湧かないんじゃない？」

マリーアの適当な予想に、フランツは真面目に考え込んだ。

「要するに、恋は手に入らないから楽しいというやつだな。一考の余地がある」

ぶつぶつと自分の世界で考察を進めるフランツに、マリーアはイタズラな笑みを浮かべてフランツの顔を覗《のぞ》き込んだ。

そして一言。

「じゃあフランツ、わたしを好きになってみれば？　手に入らないわよ？」

パチッとウインクをしたマリーアをじっと見つめたフランツは……自身の顎に指を添え

ると、眉間に皺《しわ》を寄せた。

「──難しいようだ」

　その言葉が聞こえた瞬間に、マリーアがフランツを杖《つえ》で殴る。

「諦めるのが早すぎるわよ！」

「いや、すまない。では努力しよう」

「努力されても嬉しくないわ！」

「……女心は難しいな」

　真剣な表情でそう呟《つぶや》いたフランツに、マリーアは疲れたような表情で息を吐き出した。

「はぁ、この話はおしまい。さっさと依頼を達成するわよ」

「そうだな！」

　恋愛の話をしている時よりも瞳を輝かせたフランツに、マリーアは呆《あき》れたような表情を浮かべてから、それを苦笑に変えた。


　街を出てから数十分後。フランツとマリーアはヒール草の群生地を見つけ、順調に薬草採取をしていた。小さな薬草をナイフでちまちまと集めていく作業を、フランツは心から楽しんで行っている。

（これこそまさに、冒険者の最初の関門だ）

鼻歌でも歌い出しそうなほどご機嫌なフランツを横目に、マリーアは周囲の見張りをしていた。

「やっぱり仲間がいるといいわね。一人だと何かと大変なのよ」

「確かに見張りがいなければ、薬草採取を存分に楽しめないな。マリーア、ありがとう」

爽やかな笑顔で感謝を告げられたマリーアは、微妙な表情を浮かべながら頷《うなず》く。

「なんかズレてる気がするけど、まあいいわ」

それからも暖かな陽気の中で順調に薬草を採取し、そろそろ十分だから帰ろうかと思い始めた頃、二人の耳にガサゴソと葉擦れの音が届いた。

それはまだ遠い距離だが、確実に大きくなっていく。さらには葉擦れの音に合わせて、人の叫び声と足音も聞こえてきた。

「フランツ、誰かが魔物に追われてるみたいよ」

「そのようだな。危険そうなら助けよう。昨日話した通り私が前衛を請け合うので、マリーアは後衛で援護を頼む」

「分かったわ。あんたの実力、見せてもらうわよ」

そう言って楽しげな笑みを浮かべるマリーアに、フランツも今までの和やかな雰囲気を消して、好戦的な笑みを見せる。

「もちろんだ」

二人がそれぞれ剣と杖を構える中で、森から飛び出してきたのは、汗だくで今にも倒れ込みそうな冒険者三人だった。

前衛なのだろう剣を持った男女が二人に、杖を持った魔法使い風の男が一人。

三人は森から飛び出してフランツたちを視界に入れた瞬間に、悲痛な叫び声を上げた。

「そこの二人、早く逃げろっ！」

「森の奥にある岩間に、ゴブリンの巣があったんだ!!」

「魔法を使える個体もいるわ！」

ゴブリンの巣、その言葉を聞いた二人は表情を真剣なものに変える。

ゴブリンとは魔法を発動できない単体であれば、戦闘訓練を受けていない一般人でもなんとか撃破できる程度の魔物だが、巣があるとなると話は変わってくるのだ。

繁盛力が異常に高いゴブリンは、巣があると数百の個体が存在していることもあり、数は脅威となる。

「どうする？　ここは引いてギルドに知らせる？」

「いや、三人を追ってきているゴブリンが多数いるようだし、引けば被害が出るだろう。ここで叩《たた》く。ゴブリンならば、数が多くても問題はない」

瞳に強い力を宿してそう言ったフランツに、マリーアは杖を握る手に力を入れた。

「分かったわ。あんたのこと信じるわよ」

　二人に魔物を擦《なす》りつける形となってしまった冒険者三人が顔色を悪くする中、森を飛び出したゴブリン数匹が、前衛としてマリーアの前にいたフランツにターゲットを移す。

「ギャッギャッ」

　不気味な声を発しながら、木の棒を振り上げてフランツに飛び掛かった。

　しかしその攻撃が、フランツに届くことはない。

　剣を抜いたフランツは、思わず見惚《みと》れてしまうような流れる動作で、ゴブリンを次々と切り倒した。さらに森の中から水球を放ってきたゴブリンには、一瞬のうちに練り上げた魔力で石弾を放ち、脳天を正確に撃ち抜く。

　次々と現れるゴブリンは数十匹にも及んでいたが、フランツはかすり傷一つ負っていないどころか、汚れ一つ付けずにゴブリンを倒していった。

「あんた……反則級に強いじゃない！　わたしにも出番を分けなさい！」

　しばらくフランツの動きを呆然《ぼうぜん》と見つめていたマリーアは、ふと我に返ったようにそう叫び、杖を握り直した。

　そして魔力を練ると数本の大木を切り裂くような、強力な風の刃《やいば》を放つ。それによってたくさんのゴブリンが一瞬にして切り裂かれた。

「おおっ、凄いな」

「また来るわよ！」

それから数分で、三人の冒険者を追いかけていたゴブリンは殲滅《せんめつ》した。数にして百を少し超えるほどだ。

「とりあえず、あちらの三人を追ってきていたのはこれで全部か。ただ巣があるのなら、そちらも討伐しなければ」

「そうね。潰しておかないとまたすぐに増えるわよ」

「この場はどうするか……」

周囲を見回したフランツの瞳に映ったのは、死屍《しし》累々と山を成すゴブリンだ。

マリーアもそんな現状を把握すると、少し離れたところで口をぽかんと開けて立ち尽くしている三人の冒険者に視線を向けた。

「あんたたちー、このゴブリンの処理、任せてもいいかしら！　魔石はあげるわ！」

マリーアに声をかけられ、三人はハッと我に返る。

「え、ちょっ、ちょっと……お前ら強すぎないか⁉」

「す、すげぇな……」

「本当に魔石をもらっていいの⁉」

三人からの返答に、マリーアはフランツに視線を向けた。

「魔石をあげてもいい？」

「もちろん構わない」

「了解。ゴブリンを片付けてくれるならあげるわ！」

マリーアのその言葉に、三人が嬉しそうな笑みを浮かべる。

「なんか、色々とありがとう！」

「片付けは任せてくれ」

「ありがとう～」

手を振る三人に二人も軽く手を挙げて、フランツとマリーアはゴブリンたちの痕跡を辿《たど》る形で、巣に向かって森に足を踏み入れた。


森の中を十分ほど進んだところで、二人は近くの大木に身を潜めて、少し先に視線を向けていた。

そこには岩壁があり、大きな亀裂があるのが分かる。

亀裂の中をよく見てみると……数え切れないほどのゴブリンがひしめき合っていた。木材や植物で、寝床や家のようなものも作られている。

「かなりの大きさだな」

フランツはゴブリンの巣の大きさを見て、眉間に皺を寄せた。

（この規模に成長するまで、気づかなかったのは問題だな。帝都周辺の警備は第一騎士団の仕事、見回りのやり方を変更すべきか。ただ騎士だけでは人手が足りないのも事実……

冒険者ギルドとも連携を強化する必要があるな）

休暇中であることを忘れて、フランツが今後について考え込んでいると、マリーアがフランツの服を軽く引く。

「何止まってんのよ。一度引く？」

小声で問いかけられたフランツは、首を横に振った。

「いや、出入り口は狭いし、周囲を取り囲まずともゴブリン共に逃げられる可能性は低いだろう。私たちだけで殲滅可能だ」

迷いなく言い切ったフランツに、マリーアは少し緊張した様子で頷く。

「分かったわ。あんたは相当強いみたいだし、その言葉を信じることにする。派手にいくわよ」

拳を突き出したマリーアに、フランツは口角を上げて拳をぶつけた。

まずは抜剣したフランツが大木の陰から飛び出し、ゴブリンの巣に向かって一直線に駆ける。走りながら魔力を練って、放射状に広がる雷撃を放った。

雷撃は派手な音を響かせながら、ゴブリンたちを次々と襲う。少しでも雷撃に触れたゴブリンは、嫌な臭いと僅かな黒い煙を発しながら、バタバタとその場に倒れ込んだ。

倒れたゴブリンは完全に無視し、フランツは雷撃から運よく逃れたゴブリンを端から切り倒していく。

「石弾の次は雷撃なんて、あんた何属性使えるのよ！」

悔しさと称賛が入り混じったような声音で叫んだマリーアは、フランツに遅れないようゴブリンの巣の内部に向かうと、杖を振り上げて魔力を大きく練った。

そして巣の奥の方、まだフランツが手を出せていない場所にトルネードを放つ。

周囲への影響を最大限に抑えた、高度なコントロール下に置かれたトルネードは、的確に敵であるゴブリンのみを飲み込んでいった。

トルネードによって宙に巻き上げられ、壁に吹き飛ばされ、また地面に落下させられ、ゴブリンたちは次々と息絶えていく。

「頼もしいな」

フランツはそう呟くと、さらに戦闘のギアを上げ、踊るように剣を振るった。

ゴブリンの命が、まるでそこらに生えている雑草を刈るかのように、簡単に刈りとられていく。

数分後にゴブリンの巣の中で立っていたのは、フランツとマリーアだけだった。

「マリーア、君の風魔法は凄《すご》いな。今まで私が出会ってきた風魔法使いの中で、一番だ。どうやってそれほど高度なコントロールを身につけたのだ？」

フランツの素直な賞賛に、マリーアは呆れた表情を浮かべる。

「あんたね……褒めてもらえるのは嬉《うれ》しいけど、わたしの魔法よりもあんたの強さの方が異常でしょ！　当たり前のように攻撃魔法を二属性使ってるけど、攻撃魔法として実戦で運用できるほどに使いこなせる属性は、普通一つだけよ！」

ずいっと顔を近づけて詰め寄るマリーアに、フランツは苦笑を浮かべつつ両手を挙げた。

「確かに普通はそうだが、私のように複数属性を使いこなす者もいる。鍛錬次第だぞ？」

帝国で最高峰の人材が集まる騎士団基準であるフランツの言葉に、マリーアは疑いの目を向ける。

しかしその内容は魅力的だったのか、次第に詰め寄る勢いをなくした。

「……そうなの？」

「ああ、もちろん嘘《うそ》など言わない。そうだ、私が鍛錬方法を教えよう。私は全ての属性が攻撃魔法レベルで使えるので、どの属性でも指導可能だ」

人好きのする笑みを浮かべながらさらっと発したフランツの言葉に、マリーアはこれでもかと目を見開いた。

「全てって……それはさすがにおかしいでしょ！　あんた何者なのよ⁉」

勢いによって発されたマリーアの問いかけに、フランツは考え込む。

（仲間には、正直に私の身分を明かした方が良いのだろうか。悩むところだ……）

そうして悩んでいる間に、マリーアが我に返ったのか先に口を開いた。

「ごめん、聞かれたくないこともあるわよね。過去を詮索するのは良くなかったわ」

「いや、別に話しても構わないのだが……」

「いい！　いいわ。聞かない方がいい気がするから」

何度も首を横に振るマリーアに、フランツはとりあえず身分を明かすかどうかは先送りすることに決める。

「分かった。これから話すタイミングがあれば、その時には聞いてほしい」

そうして話に一区切りがついたところで、二人は周囲に転がるゴブリンだったものに視線を向けた。

「じゃあ、ここはこのままにして戻りましょうか。片付けは巣の調査も兼ねて、ギルドに任せればいいわ」

「そうだな。どの程度の規模だったのかが分かるようにするため、現場保存をしよう。入り口に土壁などを作っておけば十分なはずだ」

二人は岩間から森に戻ると、その出入り口にフランツが魔法で蓋をした。軽くハンマーなどで叩けば、すぐに壊れるほどの強度に調整された土壁だ。

「では戻ろう」

「そうね」

森の入り口でゴブリンの片付け途中だった三人の冒険者に声をかけ、二人は足早に帝都の中央ギルドへと戻った。

冒険者ギルド内は昼より少し前の時間とあって、あまり人がいなくて穏やかな空気が漂っていた。

そんな中で、フランツがギルドカードを提示しながら受付に声をかける。

「Fランク冒険者のフランツだ。帝都近くの森の中にゴブリンの巣を発見した」

その報告を聞いた受付嬢は、一気に表情を真剣なものに変えた。

ギルド内の空気も、ピリッと引き締まる。

「……ご無事で良かったです。どの程度の規模でしょうか。もし分かれば教えていただきたいです」

「そうだな。規模は巣の外に百匹強、巣の中には三百ほどだな」

全部で四百以上のゴブリン。これはゴブリンの巣の中でもかなり成長している段階で、ギルド内にいてこの会話が聞こえていた皆の表情が強張《こわば》った。

食堂で早めの昼食をとっていた冒険者が数人、同時に立ち上がる。

「それは今すぐ叩《たた》かないとやばいな。ゴブリンの群れに街が襲われたら大変だ」

「森にいる低ランク冒険者も危ないんじゃないか？」

「俺たちが偵察に行こうか？」

ちょうどギルドにいた冒険者は珍しく善良な者たちで、受付嬢にそんな提案をした。

「ありがとうございます。では依頼として……」

受付嬢がありがたい提案を受けようと頷《うなず》いた瞬間、フランツが瞳を輝かせて冒険者に視線を向ける。

「やはり冒険者は素晴らしいな……！　危険が迫っていると分かるとすぐに立ち向かう勇気、そして皆を守りたいという気概。尊敬に値する」

フランツからの突然の賞賛に、いつもは偽善だの効率が悪いだのと罵られていた冒険者たちは、嬉しそうに頬を緩めた。

しかしすぐ我に返り、現状の危機を思い出す。

「そんな話をしてる場合じゃないだろう。早く対処をしなければ。ゴブリンの巣の場所はどこだ？」

「いや、対処は必要ない。私たちがすでに壊滅させてきたからな」

重要でない、どうでもいい事柄を告げるようにフランツはそう伝えると、またしても冒険者たちに尊敬の眼差《まなざ》しを向けた。

「そんなことよりも、君たちの冒険者としての心得を聞かせて……」

「いや、ちょっと待て！　もう壊滅させたって言ったか⁉」

もう一度問いかけられ、フランツはすぐに頷く。

「ああ、そうだ。だからギルドにはゴブリンの巣の調査と、今後の対策などを頼みたいと思って報告にきた。頼んでも良いだろうか？」

受付嬢はフランツにそう問いかけられて、驚愕《きょうがく》に目を見開きながらも、なんとか口を開いた。

「そ、それはもちろん、ギルドの仕事の内ですので……しかし、四百を超える数のゴブリンを、殲滅したというのは本当なのですか？　Ｆランクというのは……」

受付嬢の困惑に満ちた問いかけに冒険者たちも同意するように何度も頷いていると、今まで静観を貫いていたマリーアが口を開く。

「フランツはちょっと規格外というか、普通じゃないのよ。昨日登録したばかりってだけで実力はあるから、ランクアップさせた方がいいわよ」

マリーアのその言葉に、今度はフランツが目を見開いた。

「マリーア、それでは努力の積み重ねでランクを上がった時の達成感が……」

「そんなの、あんたの強さで得られるわけないわ。それはＡランクにでも上がる時に感じればいいじゃない」

「いや、冒険者は低ランクから叩き上げていくことにより、自己の研鑽《けんさん》と……」

「はいはい、それはまた後で聞いてあげるから。それで、さすがにまだランクアップはできないの？」

そう問いかけられた受付嬢は、少しだけ悩んでから口を開く。

「ゴブリンの巣を壊滅させたことが証明されれば、ランクアップが検討されると思います。ただ調査を終えるまで数日はお待ちいただくことになりますし、さすがに登録されたばかりですので、どうなるのか……」

「そうなのね」

マリーアが残念そうな表情を浮かべると、フランツは必死に身を乗り出した。

「できれば、ランクアップは先延ばしで頼みたい！」

「いや、あんたなんでよ。絶対にランクアップした方がいいって」

「冒険者を余すところなく楽しみたいんだ」

「だからそれは、別にランクアップしても可能でしょ？　低ランクの依頼も受けられるんだから」

「それはまた違うんだ。やはり――」

二人の、傍《はた》から見たら理解不能な内容の言い争いが始まる。

しかしすぐに、フランツの一声で終わりとなった。

「私たちが言い合っても意味がないな」

「……それもそうね」

「申し訳ない、迷惑をかけてしまった。冒険者ギルドの決定に従おうと思う」

「か、かしこまりました。ありがとうございます」

それから二人はゴブリンの巣の位置などを告げると、薬草採取の依頼達成手続きも済ませ、ギルドを後にした。

さっそく次の依頼現場である孤児院に向かっている中、フランツの背中を見つめたマリーアが、誰にも聞こえない小声で呟《つぶや》いた。

「フランツって、意外と面倒な性格よね～。イケメンで規格外なほどに強いのに、どこかズレてる」

勿体《もったい》ない、マリーアはそう思ったが、そこがフランツの良さでもあるのだと考え直す。

「完璧すぎる人は、面白くないものね」

その声が僅かに聞こえたのか、フランツが振り返った。

「何か言ったか？」

「ううん、何も言ってないわよ。……そんなことよりほら、早く行きましょ。冒険者は絶対に、街中の雑用からなんでしょ？」

「ああ、もちろんだ。孤児院の窓拭き、楽しみだな」

期待に瞳を輝かせたフランツに、マリーアは少し頬を緩める。

「そうね、やるからには完璧にこなすわよ」

そうして二人は、早足で孤児院に向かった。

第三章 ✤ 荒れ果てた孤児院

二人が依頼を受注した孤児院に向かうと、その孤児院はどこか寂れた雰囲気だった。建物がボロくて薄汚れ、活気がない。子供たちの声も聞こえてこなかった。

「……随分とボロい孤児院ね。お金がないのかしら」

マリーアがそう言って眉間に皺《しわ》を寄せる中、フランツは鋭い瞳で孤児院の細部にまで目を光らせる。

（この孤児院……明らかにおかしいな）

「ここが入り口みたい」

古い木造の扉をノックすると、マリーアの顔に埃《ほこり》や細かい木片が降り注いだ。

「うわっ……ごほごほっ、何よこれ」

扉の上部に壁との隙間があり、そこに汚れが溜《た》まっていたようだ。

「なんでこんなに埃が溜まってるのよ！」

「正面扉はあまり使われてないのかもしれないな」

「え、ここを使わないってどういう……」

マリーアがフランツの呟きに首を傾《かし》げたその時。

正面扉が開くのではなく、庭の方から一人の男が顔を出した。綺麗《きれい》な格好をして少し太った中年の男は、二人に鋭い視線を向けてくる。

「何のご用でしょう」

男の問いかけに、フランツが人好きのする笑みを浮かべて対応した。

「冒険者だ。窓拭きの依頼を受けてきたのだが」

「あぁ、そういえば数日前に依頼を出しましたね。私はこの孤児院の院長です。ではこちらへ」

冒険者と分かると少しだけ視線の鋭さが減り、二人は孤児院の庭に案内される。庭は雑草が伸びきっていて、やはり子供は一人もいなかった。

それを不思議に思ったのか、マリーアが問いかける。

「子供たちは誰も遊んでないの？」

「ええ、孤児はそれだけで将来の選択肢が狭まるものです。皆は必死に勉学に励んでいます」

「へぇ〜、偉いのね」

帝国では読み書き計算、敬語などを教える下級学校には誰でも通えるが、上級学校は試験に突破しなければ通うことができない。

上級学校卒というだけで引く手数多《あまた》なので、多くの平民が目指しているのだ。

「ではこちらの布とバケツを使って、掃除をお願いします。掃除は外側だけでいいので、終わったら先ほどのように正面扉をノックしてください」

「え、こんなに汚いのに中はいいの？」

「中は孤児たちがやりますから。外側は周辺住民から汚すぎるんじゃないかと苦情が入りましてね、金欠ですが仕方なく依頼を出したんですよ」

眉間に皺を寄せながら面倒そうに言った院長は、そのまま建物の中へ戻ってしまった。

それを見送ってから布を手にしたマリーアをよそに、フランツは厳しい表情で考え込む。

（国から孤児院に支給されている補助金の額を考えるに、この孤児院はあまりにも設備に投資がされていない。ではその金をどこに使っているのかという話になるが、子供たちの教育に投資しているのなら良い。しかし私たちを中に入れないこと、さらに活気がなく暗い雰囲気、これらからして楽観的に考えるのは避けるべきだな）

そこまで考えたフランツは、マリーアに声を掛けられたことで思考の底から浮上した。

「フランツ？　あんたも早くやりなさいよ」

「……ああ、分かった」

フランツは濡《ぬ》らした布を手に持つと、近くの窓から掃除を始める。しかしその視線は、窓から見える建物内に向いていた。

カーテンが閉められていることでほとんど見えないが、僅かな隙間に目を凝らす。

そうして孤児院の実情を探るように動いていたフランツの目の前に、突然瘦せ細った子供の顔が現れた。

「……っ」

フランツは思わず声を出しそうになったが、目を見開くに留《とど》める。

その子供とは、孤児院の中にいるここで暮らす孤児だ。

「おいっ、カーテンは開けちゃダメって言われただろ！」

「そ、そうだった……」

「早く閉めろ！」

「静かにしろ、怒られるぞ」

次々と子供の声が聞こえ、カーテンはすぐに閉められたが、フランツの瞳にはバッチリと映っていた。

小さな部屋にたくさんいる瘦せた子供たち。勉強している様子は全くなく、全員が瞳に暗い影を落としていたことを。

（あの様子では、子供たちの教育に金を使っているということもなさそうだ。それどころか、食事も十分に与えていない可能性がある。正面扉に最近開かれた形跡がないとなると、

下級学校にも通わせずに閉じ込めているのかもしれないな。では金はどこに消えたのか

……考えられるとすれば、あの院長の懐か）

そう判断したフランツの行動は早かった。

フランツの行動原理の第一は、世の中に蔓延《はびこ》る悪の撲滅だ。

それは冒険者になりたいという夢や、できる限り身分は明かしたくないという望みを容易に上回る。

「マリーア、少しだけ用事ができたので席を外す」

フランツはマリーアに一言だけ告げると、孤児院の敷地内を後にした。

突然置いていかれたマリーアは、訳が分からず叫ぶ。

「あんたがやりたいって言った依頼なのよ⁉」

孤児院を出たフランツは、急いで近くにある帝都警備隊の詰所に向かった。

冒険者の格好であるため、中に入ると一般人として過されそうになるが、それを片手で止める。

「申し訳ない。このような格好をしているが、フランツ・バルシュミーデだ。第一騎士団の団長をしている。これが証《あかし》の紋章だ。騎士団に伝言を頼みたいのだが、良いだろうか」

フランツに声をかけられた警備兵は、突然目の前に現れた大物に、完全に固まった。

それを見て少し遠くにいた上役が、辛うじて体を動かしてフランツの下に向かう。

「だ、第一、騎士団長様……で、伝言ならば、私が」

「ありがとう、すまないな。第一騎士団の副団長であるイザーク・ホリガーに、この地区にある孤児院で横領の疑いがあるため強制捜査の手続きを済ませ、最速で孤児院へ来るよう伝えてほしい。孤児院に関する書類も持参するようにと」

その言葉を聞いた警備兵は、孤児院で横領という深刻な事実に目を見開く。そして真剣な表情ですぐに頷《うなず》いた。

「かしこまりました。すぐに伝達いたします」

「頼んだ」

そうして騎士団長という身分を使い問題解決に乗り出したフランツは、警備兵たちに更にいくつか指示を出して孤児院に戻った。


孤児院の庭に戻りマリーアに声をかけると、ジトッとした半眼で見つめられた。

「マリーア、すまなかった。仕事を放置するなどあってはならないことだ。やはり冒険者という仕事を完璧にこなすのは難しいな。私はこれからマリーアの二倍は働き……」

フランツがそこまで告げたところで、孤児院の院長が裏口から顔を出し、ジロッと二人を睨《にら》みつける。

「まだ終わらないのでしょうか？　こっちは金を払ってるんですから、真剣にやってもらわないと」

「すみません。もう半分は終わりましたので」

「はぁ……できるだけ早くお願いしますね」

院長がまた中に戻っていったところで、マリーアは小声でフランツに問いかけた。

「それで、何を企《たくら》んでるのよ。あんなに街中の雑用がやりたいって主張してたあんたが、途中で抜けるなんておかしいでしょ。この孤児院と関係あるの？」

真剣な表情でフランツを見上げるマリーアに、フランツは質問で返す。

「その説明をするには私のことを話さなければいけないのだが、聞いてくれるか？　森では聞かないと言っていただろう？」

その問いかけに、マリーアは少しだけ悩んだが、すぐにしっかりと頷いた。

「やっぱり聞くわ。仲間に隠し事はない方がいいものね」

マリーアの返答にフランツは笑みを浮かべ、建物から離れた場所に移動する。

そして躊躇《ためら》うことなく、自分の身分を告げた。

「私はこの国の第一騎士団で、団長をしているのだ。今は休暇中なのだが、今回は不正に気づいたため、身分を使って解決を図ろうと帝都警備隊の詰所に向かっていた」

フランツの言葉を聞いて、マリーアはたっぷり十秒も固まる。

そして信じられない様子で頭を抱えた。

「は？　え、えっと……、第一騎士団の、団長？　それって、この前の戦争で帝国を勝利に導いたっていう、英雄よね？　待って、あんたが英雄なの!?　え、意味が分からないんだけど。何で冒険者なんてやってるのよ。休暇中って何？　というか不正って……」

マリーアが大混乱の渦に陥る中、二人の耳に馬が駆ける音が届いた。

さっそくフランツは孤児院の入り口に向かい、マリーアも混乱の最中《さなか》にいながら、なんとかフランツに付いていく。

孤児院の入り口に到着していたのは、皆の憧れである騎士服を着こなした、五名の騎士たちだった。

「皆、突然呼んですまなかったな。イザーク、さすがの速さだ」

フランツが声をかけると、騎士たちの先頭にいた第一騎士団の副団長であるイザークが動く。

疲れた表情で馬から降り、フランツの下までツカツカと歩みを進めると……手にしていた書類をフランツの顔に押し付けた。

「団長は、人使いが荒すぎますっ！」

ぐりぐりと強めに押し付けられた書類を受け取ったフランツは、不満を表情に出す。

「イザーク、突然の暴行は帝国法――」

「ああ、はいはい、分かりましたよ。法律違反なんですよね。法律も時と場合によっては臨機応変な適応が必要だって、何度言ったら分かるんですか。というか団長、冒険者になるんでしたよね？　なに不正の摘発なんかやってるんですか。俺たちは今、団長が突然休暇を取ったことで凄《すご》く忙しいんです。呼び出すのはまだいいとしても、今すぐに書類も揃《そろ》えてとか、無茶《むちゃ》にも程があります！」

次々と捲《まく》し立《た》てるイザークに、他の騎士団員は苦笑いだ。世間的には英雄であり、また百年に一人の逸材であるフランツだが、第一騎士団員である部下たちはフランツの面倒な部分も知っているため、世間ほどフランツを神聖視はしていない。

「急な呼び出しになったことはすまないな。ただ急を要する事態だったんだ」

「横領がそんなに急を要するのですか？　というか、冒険者は孤児院の横領を摘発なんてしないと思うんですけど。もしかして、やっぱり冒険者はやめることにしましたか？」

その問いかけに、フランツは食い気味で首を横に振った。

「そんなことあるわけがないだろう？　イザーク、冒険者とはやはり素晴らしいぞ！」

瞳を輝かせ、冒険者への憧れを溢《あふ》れさせる。

そんな様子を目の当たりにしたイザークは、少し驚いたように目を見開き、誰にも聞こえない声でポツリと呟《つぶや》いた。

「まだ冒険者の現実には直面してないのか……」

イザークは複雑な面持ちでフランツを見つめる。しかしすぐ切り替えるように頭を振ると、書類をビシッと指し示した。

「話を戻しますが、今回の詳細を説明してもらえますか？」

「もちろんだ」

それからフランツが簡潔に事の経緯を述べると、それを聞いた騎士の全員が眉間に皺《しわ》を寄せた。

「確かに急を要する事態ですね。これは騎士団が介入すべき案件です。さっそく責任者に話を……」

イザークがそう言いながら孤児院の建物を見上げたところで、外がうるさいと思ったのか、庭の方から院長が姿を現した。

「おい、冒険者の二人……っ」

フランツたちを叱ろうとしたのだろう院長は、イザークたち騎士を見ると、一気に顔を強張《こわば》らせる。

「あの男が院長だ」

フランツの言葉に、イザークたち騎士が頷いた。

「了解です。――この孤児院で横領の疑いありとして、強制捜査の許可が下りている。拒否権はないため、このまま中を検《あらた》めさせてもらう。何かを隠そうとする動きを見せたら、即座に捕縛するので覚悟するように」

イザークの言葉を聞いた院長は、焦りからか顔色を悪くしながらも、必死な様子で笑みを浮かべて否定する。

「お、横領だなんて、そんな、全く身に覚えのないことで……」

「そうか。ならば捜査で潔白を証明すればいい」

「……っ、そ、そう。子供たちに悪影響ですから、できれば後日に」

「それは不可能だ。子供たちには影響がないよう、こちらで最大限に配慮するので心配はいらない」

「で、ですが……」

「では入らせてもらう」

院長の言葉を軽く流して、イザークが正面扉に手を伸ばすと、その瞬間に院長の表情が怒りに染まった。

「くそっっ！」

叫ぶように悪態をつくと、この場では一番弱そうに見えたのだろうマリーアを人質にと考えたのか、隠し持っていたナイフを抜いてマリーアに飛びかかる。

しかしマリーアの風魔法の実力があれば、ただの素人など脅威にはならなかった。

ナイフはすぐに近くの地面へと吹き飛ばされ、院長も風弾によって地面に倒れる。

「今はあんたの相手をしてる暇がないのよ！」

フランツの正体に未《いま》だ混乱中であるマリーアに理不尽な怒りをぶつけられ、院長は呆然《ぼうぜん》と目の前にある地面を見つめた。

そんな院長の腕を捻《ひね》り上《あ》げ、地面に押さえつけたのはフランツだ。

「暴行罪も追加だな」

院長がナイフを抜いた時点で動き出していたイザークたちも加わり、院長はあっけなく捕縛された。

縄を引っ張り、縛られた院長を無理やり立ち上がらせたイザークは、鋭い眼差《まなざ》しで告げる。

「では、孤児院の中を捜査する。貴様はこちらからの質問には嘘偽《うそ》りなく答えるように。嘘を述べたことが後から判明した場合、虚偽罪も加算されることを肝に銘じておけ」

その言葉に院長は力なく頷き、イザークたちに監視されながら孤児院の中に足を踏み入れ、フランツとマリーアも後に続いた。


それから捜査が進むこと数十分。一気に孤児院の闇が暴かれていく中で、騎士たちを手伝っていたフランツのやるべきことが終わり、窓辺に腰掛けた。

するとその隣に、先ほどまで子供たちのケアをしていたマリーアが静かにやってくる。

視線は前に向けたまま、フランツに声をかけた。

「あんた、休暇中って言ったわよね。すぐに冒険者は辞めちゃうってこと？」

その問いかけに、フランツはマリーアに体ごと視線を向けて答える。

「いや、そんなことはない。休暇は戦争で活躍した褒美として二年もらえたからな」

フランツの返答に、マリーアは呆《あき》れた表情を浮かべた。

「褒美って皇帝陛下からでしょ？　それで休暇って……あんた、やっぱりズレてるわね。しかもその休暇でやりたいことが冒険者なんて」

そこで言葉を途切れさせたマリーアは、今度はフランツに顔を向けながら問いかける。

「わたしが、仲間でいいの？」

「なぜ良くないことがあるのだ？　もちろん良いに決まっている」

少し不思議に思いながらフランツが答えると、マリーアは言いにくそうに告げた。

「だってあんた、英雄様って言ったら公国の公子様じゃない。わたしはただの冒険者だから、釣り合わないでしょ」

「なぜだ？　釣り合わないなんてことは全くない。そもそも冒険者に身分は関係なく、そこが冒険者の良いところではないか！」

瞳を輝かせたフランツに、マリーアは大きくため息を吐《つ》く。

「……あんたに聞いたわたしがバカだったわ。じゃあ、これからもよろしくね」

なんだか力が抜けた笑みを浮かべてマリーアが右手を差し出し、フランツは笑顔でその手を取った。

「ああ、よろしく頼む」

そうして改めて、二人が冒険者として仲間になったところで、ふと何かを思い出したようにマリーアが言った。

「そういえば、騒がれないで普通に冒険者をやりたいなら、身分は隠しておいた方がいいと思うわよ」

「やはりそうか。では、できる限りそうしよう」


それからさらに一時間ほどで騎士団の捜査は終わりとなり、孤児院の中にいた子供たちは全員が助け出された。

院長が私腹を肥やすために食事量を減らされていた子供たちは、栄養不足から弱っている者もいたため、しばらく療養施設で体力を回復させてから、別の孤児院へと送られることになる。

子供たちの移動手配まで終わらせたイザークは、フランツとマリーアの下にやってきた。

「団長、ここの院長はかなりの金額を横領していたようです。法に則《のっと》って罰せられるでしょう。また、孤児院の監視体制の見直しもしておきます」

「ありがとう。頼んだぞ」

「はい。団長はこれからどうするんですか？　確か国中を巡るんでしたよね」

イザークの問いかけに、フランツは期待のこもった眼差しで大きく頷《うなず》く。

「ああ、その予定だ。冒険者とは旅をするものだからな」

「そうですか。では何かありましたら、騎士団や各公国の兵士団などを通して連絡しますので、必ず返事をください」

「分かった。私の返事も同ルートか、冒険者ギルドを通して送ろう」

「お願いします。――では団長、くれぐれも！　何かをやらかさないでくださいね」

イザークの念押しに、フランツは首を傾《かし》げる。

（私は何もやらかしたことなど、ないのだが……）

そう不思議に思っているうちに、イザークはマリーアに視線を向けた。二人は軽い自己紹介を済ませたのみで、しっかりと話すのはこれが初めてだ。

「あなたはマリーアさんでしたね。団長の冒険者仲間の」

「そうよ」

「団長が変なことをしないように、ぜひ監視をお願いします。一般の方に頼むのは申し訳ないのですが……」

そう言って眉を下げるイザークに、マリーアは苦笑を浮かべつつ頷いた。

「もちろんよ。この二日でフランツがちょっとズレてるのは分かったもの」

その言葉に、イザークは感激の面持ちだ。

「マリーアさんっ！　それが分かっている方が団長の近くにいてくれること、とても安心できます。ありがとうございます！」

マリーアの手をガシッと掴《つか》んだイザークに、マリーアは労《いたわ》るような憐《あわ》れむような、そんな微妙な眼差しを向けた。

イザークから手を離すと、その手をそのままフランツの背中に持っていく。バンッと少し強めに叩《たた》いて、マリーアは楽しげな笑みを浮かべた。

「フランツ、これからもよろしく頼むわよ？」

「ああ、こちらこそよろしく頼む。イザークも騎士団を頼んだぞ」

「はい。なんとか頑張りますよ」

そうして挨拶をした三人は、それぞれ孤児院を後にした。

イザークは他の騎士たちと宮殿に戻り、フランツはマリーアと共に冒険者ギルドだ。

「そういえば、わたしたちの依頼ってどうなるのよ」

ギルドが見えてきた辺りでマリーアが呟いた言葉に、フランツは少しだけ固まると、ギギギッと音でも鳴りそうな動きで、ぎこちなく視線をマリーアに向けた。

「も、もしかして、私たちの依頼は失敗となるのか？」

街中の雑用依頼を失敗するという想定外の事態に、フランツは大いに焦る。

「そうね……確かに失敗って可能性もあるかも。ただ依頼元がなくなったって考えると、依頼取り消しになる可能性の方が高いんじゃない？」

「失敗か取り消し……なんということだ。もう一つ街中の雑用依頼を探して受けなければいけないな」

真剣な表情でそう呟《つぶや》くフランツに、マリーアは慌てた様子で突っ込んだ。

「ちょっと待って！　街中の依頼はもう堪能したでしょ？」

「いや、達成していないから無効だろう」

「そんなルールないわよ！　というかそもそも、なんで帝国最強とまで言われてるあんたの受ける依頼が、薬草採取と街中の雑用なのよ。人材の無駄遣いにも程があるわ」

「いや、マリーア、やはり冒険者は街中の依頼を達成することで、人々の役に立つ喜びを覚えるのだ」

少し視線を上に向けてそう宣言したフランツの脳裏には、冒険小説の素敵な一場面が思い描かれていた。

そんなフランツを見て、マリーアは叫んだ。

「あんたはこの国で一番人々の役に立ってるでしょ！」

まさに正論だったが、その叫びは冒険小説の世界に向かってしまったフランツには届かず、マリーアは疲れたように呟く。

「ここまで頑固で思い込みが激しい性格に育てたのは誰よ……」

この呟きと同時刻、バルシュミーデ公爵を始めとして、国の上層部が軒並みくしゃみをしたとかしなかったとか。

フランツはそんなことも知らずに、上機嫌に歩いていた。

第四章　移動は護衛依頼と共に

　フランツが孤児院の不正を暴いた日から数日後の朝。

　いつものように冒険者ギルドに顔を出したフランツとマリーアは、受付に呼ばれていた。

「何かあっただろうか」

　フランツの問いかけに、受付嬢は一枚の冒険者カードを差し出す。

「先日お二人が壊滅させたと仰《おっしゃ》ったゴブリンの巣の調査が終わりまして、その報酬やフランツさんのランクのことに関してお話がございます。まずはこちらのカードをお受け取りください」

　フランツの名前が記された冒険者カードには、ランクがDと書かれている。Fから一気に一つ飛ばしてのランクアップだ。

「お二人の戦闘場面に居合わせた冒険者の証言や、ゴブリンの傷口などの状況、それからあれほどの数のゴブリンをお二人だけで殲滅《せんめつ》した実力、その辺りを加味しましてフランツさんはDランクにと判断されました」

その説明とカードを見たフランツは最初こそ微妙な表情を浮かべていたが、次第に顔を嬉《うれ》しげに緩めながら、興奮気味に口を開いた。

「そういえば冒険小説の主人公には、ランクに見合わぬ力を認められ、一気にランクアップをした者もいたな。私はどちらかといえば努力を積み重ねていく話が好きなのだが、こちらも案外嬉しいものだ」

「はいはい、良かったわね」

マリーアのぞんざいな対応を全く気にしていないフランツは、少年のような表情で受付嬢に視線を戻す。

すると受付嬢は少し顔を赤くしながらも、報酬を差し出した。

「今回の報酬は、合計で十万トールとなっております」

目の前に並べられた十枚の金貨を、フランツが当たり前のように受け取ろうとすると、それを目を見開いたマリーアが止める。

「ちょっと、ちょっと待って。こんなにもらっていいの!?」

十万トールとは、一人暮らしならば一ヶ月の生活費として十分な額なのだ。

マリーアのように驚きを露《あら》わにするのが普通であり、フランツはやはり公爵家という名門生まれだからか、金銭感覚が順当に狂っていた。

「はい。早急に対処できなければ大惨事になっていた可能性ありとのことで、この報酬に決定されました。お納めください」

「凄《すご》いわね……じゃあ、ありがたくいただくわ。フランツ、半分ずつでいい？」

「もちろん構わない」

そうして報酬の受け取りと、フランツのランクアップ手続きを済ませた二人は、受付を離れてギルドの端に向かう。

そこで行うのは、今後に関する話し合いだ。

「さて、ランクアップをして報酬もたくさんもらったけど、これからどうするの？　ゴブリンの巣の件が片付くまでは、ここにいなきゃって話だったでしょ？」

「そうだな。私としてはそろそろ別の街に行きたいと思っているのだが、マリーアはどうだ？」

フランツの問いかけに、マリーアは迷いなく頷いた。

「わたしは元々街に固執してないし、どこに行くのでもいいわよ」

「ありがとう。ではさっそく帝都から出よう。まず探すのは……護衛依頼だな！」

そう言って意気揚々と掲示板に向かうフランツに、マリーアはガクッと体を傾かせる。

「ちょっと、先に行き先を決めないの⁉」

「いや、私も特に行きたい場所はないのだ。最終的には国を一周する予定だからな。それよりも冒険者と言えば、やはり護衛依頼を受けての移動だろう？　これは絶対に体験しなければ！」

「確かに護衛依頼を受けて街を移動する人は多いけど……普通は行き先があって、護衛依頼が運良くあれば受けるものよ」

冒険者が移動時に護衛依頼を受けるのは、そうすることで無駄な時間を避けられるからだ。ただ移動するだけでは時間も金もかかるが、護衛依頼を受ければ、ただの移動時間が仕事になり、そして収入まで得ることができる。

「私たちは行き先が決まっていないのだから、護衛依頼の行き先を目的地にするのもありだとは思わないか？」

フランツの言葉にマリーアが微妙な表情を浮かべているうちに、フランツはさっそく掲示板に貼られた一枚の依頼票に手を伸ばした。

「マリーア、一つだけ依頼があるみたいだ」

嬉しさが滲《にじ》み出《で》たフランツの表情に、マリーアは諦めたように息を吐き出すと、苦笑を浮かべながらフランツの下に向かう。

「良かったじゃない。それで、行き先はどこなの？」

「皇帝領を抜けてヴォルシュナー公国に入り、そこからもしばらく進んだ場所にあるハイゼという名の街だ。ハイゼ子爵が治める子爵領の主都だな。近くに常緑の森と呼ばれる深い森があり、資源が豊富なことで有名だ。ただ奥までは探索の手が進んでいない」

「へぇ～、詳しいのね」

「この国の地理などは全て頭に入っているからな」

さらっと告げられた言葉に、マリーアは改めて呆《あき》れた表情をフランツに向けた。

「本当に天才なのね……実際に接すると、ちょっと残念な感じなのに。詐欺だわ」

「残念だと言うのは、マリーアとイザークぐらいだな」

「まあ、少し遠くから見てる限りは英雄に見えるでしょうからね」

そう言ったマリーアは、話を戻すように依頼票を覗《のぞ》き込《こ》む。

「それで、その依頼を受けるの？」

「もちろんだ。街を移動する時は護衛依頼でなければな」

「でもその依頼、護衛対象はハイゼ子爵みたいよ？　顔が知られてたら大騒ぎになるんじゃない？」

マリーアの尤《もっと》もな疑問に、フランツは悩むことなく首を横に振った。

「いや、私の顔はそこまで知られていないから大丈夫だ。安全のためだと言って、父上などが姿絵を広めないようにしていたからな」

「……言われてみれば、英雄だと噂《うわさ》にはなってても、顔を知る機会はなかったわね」

「そうだろう？　それは貴族でも同じなのだ。子爵程度ならば知っている可能性はかなり低い」

「そうなのね。じゃあわたしはその依頼でいいわよ」

そうして二人は護衛依頼を受注し、その日は冒険者ギルドを後にした。

二日後の早朝。護衛依頼の当日ということで、二人は待ち合わせ場所である広場にやってきていた。ハイゼ子爵ら依頼人はまだ来ていない。

「朝方はちょっと冷えるわね」

「そうだな。ただ楽しいと寒さもあまり感じなくなる」

「あんたは本当に毎日楽しそうね……弱い魔物相手の討伐依頼でも嬉々《きき》として剣を振ってるし、あれ楽しいの？」

「楽しいに決まっているだろう？」

「……それならいいわ」

二人がそんな話をしていると、広場に豪華な馬車が入ってきた。

品の良い馬車というよりは、少しゴテゴテとした目が痛くなるような馬車だ。

そんな馬車を見てマリーアは顔を顰《しか》めたが、フランツは護衛依頼が楽しくてニコニコと笑みを浮かべている。

馬車が止まって降りてきたのは、髪形が特徴的な小太りの親子だった。

少ない毛量の赤髪を固めているのがハイゼ子爵で、緑髪のキノコヘアで子爵より一回り小さい方が、子爵の嫡男であるスヴェン。

フランツはその頭脳を活用し、国内の貴族やその子息子女に関して、名前や顔立ちなど必要な情報は記憶していた。騎士団としての職務を行う上で、覚えていると便利だったのだ。

したがって、この二人のことも名乗られなくとも分かる。

「貴様らが依頼を受けたという冒険者か？」

「はい。本日から一週間ほど、よろしくお願いいたします」

「ふんっ、くれぐれもヘマはするなよ」

明らかに冒険者を見下した様子で横柄に告げた子爵に続き、スヴェンも馬鹿にしたような笑みを浮かべた。

「冒険者をやるしかないなんて、可哀想《かわいそう》なやつらだなっ」

「今回はヴォルシュナー閣下がハイゼ警備隊をご所望だったため、冒険者ギルドなんぞに依頼を出したんだ。我々を守れる栄誉に感謝すると良い」

冒険者を馬鹿にするためだけに降りてきたらしい二人は、それだけを告げると馬車に戻っていく。

そんな二人を見送りながら、マリーアが恐る恐るフランツに視線を向けると、そこには輝く笑顔があった。その表情を見てマリーアが理解できないような顔をする中、フランツは内心で興奮する。

(やはり、冒険者はこのような理不尽にぶつかるものなのだな。ここから実力で自分を認めさせていくあの展開……それが本当にカッコいいのだ!)

フランツはどこまでも、フランツであった。

「あんた、なんで楽しそうなのよ。さっきの言動はいいの?」

マリーアの問いかけに、フランツは「ふむ」と顎に手を当てて考え込む。

「そうだな……良いと言い切るのは微妙だが、違法行為ではないし、身分があるのだから仕方がない部分だろう。もちろん度を過ぎると問題となるが。今の私としては、貴族からあんなふうに言葉をかけられることなど初めてで、少しワクワクするぐらいだ」

そんなフランツの言葉を聞いて、マリーアはちょっとだけ引くようにフランツから距離を取ると、躊躇《ためら》いながら口を開いた。

「あんたって、変態も入ってるんじゃない……?」

「そんなこと初めて言われたぞ?」

全く自覚のないフランツに、マリーアは大きなため息を吐《つ》く。

「はぁ、まあいいわ。わたしもこんな理不尽は慣れっこだし、フランツが気にしてないならいいの。じゃあ、仕事をするわよ」

それから二人はハイゼ子爵らの護衛と軽く打ち合わせをして、三つある馬車のうち、一番後ろの荷馬車に乗ることになった。

二人が乗り込むとすぐに馬車は動き始め、帝都の外に向けて大通りを進んでいった。荷馬車に乗っているのは二人だけだ。

「そういえば」

帝都の中でも家の密集度合いが低くなる端の方を進んでいるところで、マリーアがフランツに視線を向けた。

「どうしたんだ？」

「さっきハイゼ警備隊をヴォルシュナー公爵様に貸し出したから、冒険者に依頼を出したとか言ってたわよね。あれってどういう意味なの？」

「ん？　そのままの意味だ。ハイゼ子爵領から帝都までの道中はハイゼ警備隊を護衛として連れていたが、帝都でその警備隊をヴォルシュナー公爵に接収され、警備が万全でなくなったため、やむを得ず冒険者に依頼をという流れだろう」

フランツの説明を受けて、マリーアはさらに首を傾《かし》げる。

「帝都にハイゼ警備隊はいないの？」

「いるはずがないだろう？　……ああ、分かった。これは貴族社会の常識なのだな」

少し考えてマリーアの疑問の意図が分かったフランツは、貴族の仕組みを簡潔に説明した。

「帝都に屋敷を持つことができ、そこに警備兵を常駐させられるのは伯爵以上の貴族だけだ。そもそも子爵以下の貴族は皇帝から爵位を得ているのではなく、それぞれが属する公国のトップ、五大公爵家から爵位を得ている。したがって、寄親となる公爵家からの要望を断ることはできないだろう」

シュトール帝国が五つもの公国を有する広大な国であるからこその、独自の仕組みだ。平民では理解していない者がほとんどである。

「へぇ〜、なんか難しいのね。簡単にまとめると、自分が属する公爵家に挨拶に来たら、警備隊を取られたから帰るに帰れないってこと?」

「外れてはいないな。ただ公爵が子爵をわざわざ帝都の屋敷に呼ぶというのは、少し不自然に感じられるが……」

伯爵以上の貴族は帝都に屋敷を持つが、もちろんそれぞれの領地もあるのだ。

(普通は公国の首都にある公爵邸に呼ぶだろう。確かにヴォルシュナー公爵は基本的に帝都にいるが、年に数回は領地へと帰るはずだ。それを待てぬほどの用が、一介の子爵に対してあるのだろうか……しかも警備隊を接収するというのも気になる。ヴォルシュナー公爵ならば、強大なヴォルシュナー兵士団を持っているはずだ)

フランツが難しい表情で考え込んだのを見て、マリーアはあまり追及しない方が得策だと思ったのか、そっと視線を街に戻した。

それから護衛依頼は、ハイゼ子爵とその息子であるスヴェンからの当たりが強い以外に大きな問題はなく、予定通りに進んでいた。

現在は、ハイゼの街まであと二日ほどの場所だ。

今夜だけはちょうど泊まれる街がないため、街道脇にある野営場で一夜を明かすことになった。

「おい、冒険者ども。我々が馬車を降りる前に危ない石を退《ど》けておこうという程度の気も利かないのか？　これだから底辺は……」

馬車から降りようとしたハイゼ子爵がさっそく文句を垂れ流すのを聞いて、フランツはすぐに風魔法を発動させる。

「申し訳ございません。すぐに」

精密なコントロールにより、野営地全体が整地したように真っ平らに変わった。信じられない魔法にマリーアが呆れた表情を浮かべる中、子爵は額に青筋を立てる。

冒険者を雇うことになり、道中でどれだけ馬鹿にして楽しめるかと思っていたところに、予想外に優秀なフランツたちが来て鬱憤が溜《た》まっているのだろう。

「で、できるなら初めからやっておけ無能どもが！」

無理やり貶《けな》せる部分を見つけてそう叫ぶが、フランツは全く表情を崩さない。そんなフランツに子爵の怒りはまた溜まった。

「おいっ、早く飯にしろ！　まだ準備もできていないのか！」

子爵はターゲットを使用人たちに変更すると、準備されていた椅子にどかっと腰掛ける。息子のスヴェンはその隣だ。

「父上、最近の冒険者は生意気ですね」

「全くだ。気分が悪い」

フランツたちに聞こえるように、そんな会話をしているハイゼ子爵とスヴェンに対し、フランツは真剣な表情で森の方を睨《にら》んでいた。

そんなフランツに、マリーアが小声で問いかける。

「あんたどうしたのよ。今日は随分と顔が怖いけど。それにその服、似合ってないわよ」

今日のフランツは、一応ワイルド路線にも変身できるようにと買っておいたターバンを頭に巻き、袖の部分が切りっぱなしになっているベストを身に付けているのだ。

似合ってないという言葉を聞き、フランツは心外だというように片眉を上げた。

「カッコいいだろう？」

「いや、あんたには一番似合わない服よ、それ」

「私は気に入っているのだが……」

そんな話をしつつもフランツの意識は森の方に向いていて、それから冒険者としての仕事をこなしている間も、その瞳にはずっと真剣な光が浮かんでいた。

夕食を終えて辺りが完全に暗くなったところで、早めの就寝となった。

ハイゼ子爵とその息子スヴェンは馬車の中で寝るので、その周りを護衛やフランツたちが見張りとして囲うことになる。

フランツとマリーアは交代で見張りをすることになり、最初に寝るのはフランツになった。焚《た》き火《び》をしている周りに布を敷き、それに包《くる》まるようにして地面に直《じか》に横になる。

そうして皆が寝静まり、見張りとして起きている者がたまに動く程度の静寂が場を包んでいると――。

野営地から近い森の中で、僅かに木々が動いた。

誰も気づかない程度の小さな音だったが、フランツは一瞬で目を覚まし飛び起きる。そして近くにあった剣を手にすると、暗闇に向かって飛び込んだ。

キンッという金属同士がぶつかり合う音がして、やっとマリーアたち見張りも何かが起きていることが分かったようだ。

「何だ、何があった!?」

「敵襲だ！　森から来るぞ！」

ハイゼ子爵の護衛の男が発した問いに、フランツが簡潔に現状を伝えると、野営地は一瞬にして大騒ぎとなった。

「旦那様とスヴェン様をお守りしろ！」

「馬車の守りを固めろ！」

「早く起きろっ！」

皆が一斉に声を上げて動き出す中で、フランツは静かに剣を構えている。

そんなフランツの横に、マリーアが並んだ。

「何で気づけたのよ」

「殺気が感じられた」

「殺気って……はぁ、本当にあんたって規格外ね」

呆《あき》れた表情でそう告げたマリーアは、杖《つえ》を握ってフランツが視線を向ける先にじっと目を凝らした。

「何人か分かる？」

「いや、まだ分からない。しかし複数人であることは確実だ。さっき弾《はじ》いたナイフからして、相当な手練《てだ》れだろう」

「……あんた、敵の正体が分かってるんじゃない？」

マリーアのその言葉に、フランツは否定せずに告げた。

「来るぞ」

「分かったわ。話は後ね」

明らかにハイゼ子爵とスヴェンがいる馬車を狙う襲撃者たちを、フランツは剣を振って足止めする。マリーアもかなり暗い中だが敵の動きはしっかりと分かっているようで、的確に敵に向けて風の刃《やいば》を放った。

しかし襲撃者たちは、二人の攻撃を難なく避ける。

「こいつら、素早いわね」

襲撃者たちはフランツが一番厄介だとすぐに分かったのか、三人で連携してフランツに飛びかかった。

一人はナイフでフランツの首を狙い、もう一人は近距離から頭を狙って火球を放つ。最後の一人は飛びかかると見せかけて上に飛ぶと、角度を変えてナイフを投げた。

三方向からの攻撃を、フランツは正面以外にも目があるかのように、剣と魔法で的確に弾いていく。

「マリーア！」

「分かってる！」

声を掛けられたマリーアは、フランツにナイフでの攻撃を弾かれて少し体勢を崩していた襲撃者に、上空から真下に向かって風弾を放った。

上からの風弾は予想外だったのか、地面に倒れた襲撃者はフランツによって足の腱《けん》を切られる。

「うっ……」

攻撃を受けた襲撃者が初めて僅かな呻《うめ》き声《ごえ》を発したところで、一人が「ピーーッ」と高い笛の音を鳴らした。

するとその瞬間、襲撃者全員が一斉に離散する。

「ちょっ、逃げたわ！」

「マリーア、追わなくて良い。どうせ捕まらないだろう。それよりも一人捕まえたからこいつに……」

フランツがそう言って襲撃者の顔を覆う黒い布を外し、魔法で作り出した光で襲撃者を照らすと……足の腱を切られた襲撃者は、眉間に皺《しわ》を寄せて目を剝《む》いた苦しげな表情で、息絶えていた。

「……自害したか」

フランツの呟《つぶや》きを聞き、マリーアは眉間に皺を寄せる。

「こいつら何なのよ」

「あの動きと統率、そして捕まりそうになったところですぐに自害する判断――訓練された暗殺集団なことは確かだな」

二人がそこまで話をしたところで、ハイゼ子爵が馬車の中から大きな声を上げた。

「おいっ、お前らどうなってるんだ⁉　私のことは絶対に助けるんだぞ！」

「旦那様、敵は撃退しました」

護衛の一人がそう伝えると、子爵はバンッと勢いよく馬車の扉を開けて顔を出す。

「何があったんだ！　魔物か⁉」

「いえ、何者かが旦那様のお命を狙っていた可能性があります」

「こちらに一人捕らえたのですが、自害しました」

フランツがそう言って襲撃者を光で照らすと、ハイゼ子爵はひっと引《ひ》き攣《つ》った顔で怒鳴った。

「そのように見苦しいものを私に見せるな！」

「申し訳ございません。この襲撃者は……」

「その辺に捨てておけばいいだろう⁉」

「かしこまりました」

ハイゼ子爵は恐怖心やこれまでの道中の鬱憤を少しでも晴らしたいと思ったのか、拳を固く握りしめながらフランツに続けて怒鳴る。

「お前たちの働きが悪いから襲われたんだ！　危険は事前に排除するのが護衛だろう⁉」

その言葉には誰もが無茶《むちゃ》な……というような顔をしたが、それには気づかずに子爵はフランツを睨みつけた。

「申し訳ございません」

しかしフランツが素直に謝り頭を下げたことで、それ以上は何も言えなくなったのか、バタンッと大きな音を立てて馬車の扉を閉める。

そうして子爵が馬車内に戻ったことで、その場の空気がやっと緩んだ。

しかしただ一人、フランツだけは自害した襲撃者に厳しい表情を向けている。

もうフランツ・バルシュミーデであることを知っている可能性のある襲撃者たちは去ったので、正体に気づかれて事前に逃げられる心配はいらないため、ターバンを外してベストを脱いだ。

(この襲撃者は、何者かに送られた暗殺者だ。昨夜の街にいた時から僅かに殺気が感じられたことから、この野営地で狙うことは事前に決めていた可能性が高い。そして黒幕として一番可能性が高いのは……やはりヴォルシュナー公爵か。子爵を帝都に呼び寄せ警備隊を接収するなど、襲いやすく画策してるとしか思えん)

そこまで考えたフランツは、襲撃者の口腔《こうくう》内を確認した。

(自害方法は毒のようだな。この毒の入手経路から黒幕が誰であるかの証拠が得られないかどうか、試してみる価値はありそうだ。イザークに送っておこう)

フランツは顔色一つ変えずに、毒が嚙《か》み砕《くだ》かれたと見られる奥歯をナイフと魔法を使って引き抜く。そしてハンカチで丁寧に包み込むと、胸ポケットに仕舞《しま》った。

(それにしても、なぜハイゼ子爵は狙われたのか……私の記憶では良くも悪くも小物で、ヴォルシュナー公爵が消そうと思うほどの何かがあるとは思えない。──いや、一つあるな)

ふとハイゼ子爵とその子息であるスヴェンと顔を合わせた時に感じた、僅かな違和感を思い出した。

(実際に会ってみると、あの息子、ハイゼ子爵にはあまり似ていない。それどころかヴォルシュナー公爵の面影を感じたんだ)

フランツは嫌な想像に、自然と眉間に皺が寄る。

(自らが起こしたことによる問題を解決するため、人殺しなどという違法行為に手を染めようとしているのなら……許せないな。公爵は以前から黒い噂《うわさ》が絶えなかったが、全く証拠を摑《つか》ませなかった。権力があるのを良いことに違法行為を繰り返し、証拠をもみ消しているのならば……断じて許せない。絶対に、私がいつか罪を償わせてやる)

フランツがそこまで考えて拳をキツく握りしめたところで、マリーアがフランツの肩を叩《たた》いた。

「寝ないと明日が大変よ？」

それによってフランツは表情を笑顔に変えて、襲撃者から視線を逸《そ》らして立ち上がる。

「そうだな、まだ見張り交代には早いか？」

「ええ、あと二時間はあるわ。……フランツ、襲撃者が誰なのか分かったの？」

小声で問いかけたマリーアに、フランツは少しだけ悩んでから頷《うなず》いた。

「ああ、あくまでも予想だがな。聞きたいか？」

「………やめとくわ。知ってたら何かに巻き込まれそうだもの。でも手助けが欲しかったら、いつでも言いなさいよ」

そう言って笑みを浮かべたマリーアに、フランツもいつも通り口角を上げる。

「ああ、そうさせてもらおう。やはり冒険者の仲間というのは良いな」

「何よそれ、わたしが素晴らしい仲間だって言いなさい」

「もちろん、マリーアは最高の仲間だ」

「付け足されても嬉《うれ》しくないわね～」

二人はそんな会話をしながら笑い合い、それからは何事もなく夜が過ぎていった。

野営地での襲撃以降は大きな問題もなく、一行はハイゼの街に到着した。街に入って大通りを進み、趣味が悪いほどにゴテゴテと飾られた屋敷の前に馬車が止まる。

ハイゼ子爵とその息子スヴェンは尊大な態度で馬車から降りると、フランツとマリーアを睨《にら》みつけた。

「冒険者ギルドには、最低評価で依頼達成だと伝えておいてやる。失敗だと伝えないだけ感謝するんだな」

子爵はそう告げると、ふんっと鼻を鳴らす。それに続いてスヴェンもニヤニヤと意地の悪い笑みを浮かべた。

「お前たちのせいで襲撃を受けたんだ。そのことはちゃぁ〜んと伝えといてやるよ！」

道中の溜飲《りゅういん》を下げるよう言葉を発する二人に、フランツは少々落ち込む様子を見せる。

今までは何を言われてもニコニコと楽しそうにしていたフランツの変化に、マリーアは不思議そうにフランツに視線を向けた。

するとフランツは、隣にいるマリーアに辛うじて聞こえる程度の声音で呟く。

「街に着く頃には実力を示して、認められているはずだったのだが……やはり冒険者とは難しいのだな」

真剣な表情で何が問題だったのかについて考え込むフランツに、マリーアは呆れた表情を浮かべた。そして面倒になったのか、適当に謝ってこの場を切り上げようとマリーアが口を開きかけたところで、屋敷から一人の男が姿を現す。

背が低めで緑髪が特徴的な男は、白衣のようなものを羽織っている。

大欠伸《おおあくび》をしながら伸びをして、フランツたちがいる方に視線を向けると……フランツを視界に映した瞬間、表情をパァッと明るくさせた。

「フランツ！　久しぶりだね～！　何、どうしたの？　第一騎士団の仕事？」

男が発したその言葉で、ハイゼ子爵の動きが完全に止まった。

フランツは、身分を隠していたのに……そう思いつつ、もうバレてしまったのだから仕方がないと、久しぶりの友人との再会を喜ぶことにする。

「エルマー、一年ぶりか？」

「そうだよ～。フランツ戦争に行っちゃったでしょ？　でも無事で良かった！　まあフランツなら大丈夫だと思ってたけどね～」

フランツの腕をバシバシ叩きながら、エルマーは笑顔でフランツを見上げた。

「戦争は無事に終わった。エルマーの仕事に影響はなかったか？」

「植物研究所は全く問題なしかな。まあちょっと他国の植物を手に入れづらくはなったけど、国内にもまだまだ調べてないものはたくさんあるから。あっ、ここには常緑の森の調査で来てるんだ。宿を取ってたんだけど、ハイゼ子爵が屋敷の一室を貸してくれて……」

エルマーはそう言って何気なくハイゼ子爵に視線を向けると、子爵の真っ青に固まった顔に首を傾《かし》げる。

「うん？　どうしたの？」

そう問いかけられた子爵は、ぎこちなく、まるで極寒地にいるように震えながら、ゆっくりと口を開いた。

「エ、エルマー、様……そちらの、冒険者のお方は……」

「冒険者？　フランツのこと？」

「は、はい」

「フランツ・バルシュミーデだよ？　え、もしかしてフランツ名乗ってないの？」

フランツの顔を見上げたエルマーは、そこでやっとフランツの格好に気づいたらしい。

「そういえば、騎士服着てないね」

「ああ、実は今回は冒険者としてハイゼ子爵の護衛をしていたのだ」

「え、フランツ遂《つい》に冒険者になったの!?　前にいつかは冒険者になりたいとか言ってたもんね～、良かったね！」

エルマーの素直な言葉に、フランツの頬が自然と緩む。

「そうなんだ。遂に念願の冒険者生活を満喫している」

「騎士団は辞めちゃった？」

「いや、休暇をもらった」

「そっかそっか、良かったね～」

そこで二人の会話が少し途切れると、固まっていたハイゼ子爵がその場に膝をつき、頭を地面にぶつける勢いで下げた。

息子スヴェンの頭もガシッと摑み、地面に押し付けている。

「た、た、大変申し訳ございませんでした……!! フランツ第一騎士団長とは知らず、数々のご無礼を……!」

そう叫んだハイゼ子爵に、エルマーは首を傾げた。

「子爵に何かされたの?」

「そうだな……色々と酷《ひど》い言葉をぶつけられ、理不尽に虐げられたぐらいだ。ただ実害はなく違法性もない」

「そういうことか~。まあ冒険者だと思ってたなら仕方ないのかな」

エルマーのその言葉に光明を見出《みいだ》したらしい子爵は、バッと顔を上げて媚《こ》びるような笑みを浮かべる。

「わ、分かっていただけますか! 冒険者に対しては必要な対処なのですが、お相手がフランツ様であったとは……グンター・ハイゼ、一生の不覚でございます。これからはこのようなことがないよう、フランツ様のご尊顔は目に焼き付けさせていただきます! そしてお詫《わ》びも兼ねまして、ぜひ我が屋敷で共に食事でも……」

いきなり饒舌《じょうぜつ》になったハイゼ子爵の言葉を、フランツは綺麗《きれい》な笑顔で止めた。

「いや、必要ない。私は——フランツ・バルシュミーデは、子爵のような貴族は好かないのだ。違法性はないとはいえ、身分を笠《かさ》に着て他者を正当性なく虐げるという行為は不愉快に思う。価値観が合わない者同士が食事をしても、時間の無駄だろう?」

　これから友好関係を築くのは不可能だと感じられるフランツの厳しい言葉に、ハイゼ子爵はまた固まる。媚びるような笑みは、少しずつ絶望へと変わっていった。

「ここで依頼は完了なので、私たちは失礼させてもらう。冒険者としては、護衛依頼を楽しませてもらったことには感謝する。それから依頼中の貴殿の言動については、冒険者フランツに対するものということになるので、心配はいらない。……そうだ、私は冒険者生活を楽しむために身分を明かしていないのだ。このことは秘密にしておいてほしい。ここにいる他の者たちもだ」

　フランツの要望に、子爵は真っ青を通り越して白くなった顔色で、首を何度も縦に振った。

　それを確認したフランツは、笑顔を親しげなものに変えてマリーアとエルマーに視線を向ける。

「この後はどうする？」

「わたしたちはまず宿を見つけないとよ」

「確かにそうだな。エルマーはどうする？」

「僕も一緒に行っていい？　この屋敷にいるの、楽だけどつまらなくて」

　エルマーのその言葉にフランツが頷くと、エルマーはハイゼ子爵に無邪気な笑みを向けた。

「子爵、今までありがとう！　僕はフランツと一緒に行くことにするよ。あっ、荷物だけ持ってこないと」

それからエルマーが大きなカバンを一つ持って屋敷の一室を引き払い、ハイゼ子爵が呆《ぼう》然《ぜん》としているうちに、三人は子爵邸を後にした。

◇◇◇

フランツたちの姿が完全に見えなくなったところで、子爵は呆然とした表情で虚空を見つめながら呟《つぶや》いた。

「何ということだ……」

そんなハイゼ子爵の隣では、ずっと頭を押さえつけられていたスヴェンが、不満そうな表情を浮かべている。

「父上、あそこまで謙《へりくだ》らなくとも良いのではありませんか？　向こうは身分を明かしていなかったわけですし」

スヴェンが告げたその言葉に、子爵は厳しい瞳でスヴェンを射《い》貫《ぬ》いた。

「お前……本気で言っているのか！　この帝国でフランツ第一騎士団長に目を付けられ、さらには見限られたことがどれほどの重大事か分かっていないのか!?　さらにエルマー様にも出ていかれてしまったのだ！」

　子爵は現実を直視したくないのか、スヴェンを怒鳴りつけながら首を横に振る。

「確かにエルマー様が滞在されていたことは我が家の権威を高めていましたし、フランツ第一騎士団長に不敬なことをしてしまった問題はありますが……ハイゼ子爵家が属しているのは、ヴォルシュナー公国ではないですか」

　その言葉に子爵は大きく息を吐き出すと、どこか諦めたような表情で口を開いた。

「フランツ第一騎士団長は帝国の英雄だぞ？　公になっている身分以上に発言権があるに決まっている。そしてエルマー様は帝立植物研究所で副所長をやられているお方だ。あの研究所は皇帝陛下のお気に入りだということを忘れたのか？」

　自分で述べた事実に自らの立場の危うさを感じた子爵は、眉間に皺《しわ》を寄せると大きなため息を吐《つ》く。

「――とにかく、今以上に印象を悪くするのは絶対に避けなければならない。スヴェン、それから先ほどの話を聞いていた皆も、命が惜しければ絶対に情報を漏らすな。分かったな？」

　ハイゼ子爵のいつにない迫力に、スヴェンは僅かに顔を引《ひ》き攣《つ》らせながら素直に頷き、使用人や護衛たちも顔色を悪くして何度も頷いた。

（それにしても、休暇を取ってまでなぜ冒険者などをやられているのか……何か大きな理

由があるに違いない。こっそりとその理由を探ることができれば、私の地位向上に繋《つな》がるやもしれん）

子爵はその場に立ち上がり服の汚れを払うと、真剣な表情で屋敷に入った。

第五章　勘違いが真実へ

ハイゼ子爵邸を出たフランツたち三人は、宿を探して大通りを歩いていた。

「フランツ、そろそろわたしのことを紹介してくれてもいいんじゃない？」

マリーアが告げた言葉に、エルマーも同意するように頷《うなず》く。

「そうだよ、僕のことも紹介して！」

二人の言葉に頷いたフランツは、まずはマリーアのことを手のひらで示した。

「エルマー、こちらはマリーアだ。私と共に冒険者として活動してくれている。とても優秀な風魔法使いだ」

「マリーアよ。よろしくね」

「そしてマリーア、こちらはエルマーだ。エルマーは私の帝立学園時代の同級生で、クラスメイトだった。現在は帝立植物研究所で副所長をしている」

「エルマーです。よろしくね〜！」

マリーアの手を両手で握ってぶんぶん上下に振るエルマーに、マリーアは苦笑を浮かべる。

「帝立学園生って、もっと堅苦しい人が多いのかと思ってたわ」

帝立学園は帝国一の名門校で国中の天才が集まると言われているため、縁がない一般人は堅苦しい印象を持っていることが多い。

しかしフランツやエルマーを見れば分かるように、個性的な生徒が多いのが現実だ。

もちろん真面目で、帝立学園に入学するため入学試験科目以外の全てを削ってきた者もいるが、そういう者はフランツたちのようないわゆる本物の天才とは相容《あいい》れず、同じ学園内にいても距離があったりする。

ちなみに入学に身分は関係なく、純粋な学力と実技の才能のみで可否が判断されるため、平民でも入学可能だ。反対に貴族でも基準を満たさなければ、問答無用で落とされることになる。

「そんなこと全然ないよ〜。特に僕やフランツの周りにいた人は面白かったかな」

「そうなのね。……そういえば、あなたも貴族なの？　言葉遣いを改めた方がいい？」

その問いかけにエルマーは首を横に振ると、楽しげに両手を広げた。

「確かに貴族の生まれだけど、気にしなくていいよ。友達の友達は、僕の友達でしょ？」

「そうなの……？　まあ、とにかく気にしなくていいならありがたいわ」

そうして二人が友好を深めたところで、フランツがエルマーに問いかける。

「エルマーはまだ常緑の森の調査を続けるのか？」

「そうだね。あと一ヶ月はここにいるかな」

「他の研究員はいないの？　まさか一人で調査をしてるなんてことはないわよね」

ずっと気になっていたのか、マリーアがエルマーの顔を覗《のぞ》き込むようにして問いかけると、エルマーは笑顔で首を横に振った。

「今回調査に来たのは僕だけだよ～」

その言葉に、マリーアは目を見開く。

「さ、さすがに危ないわよ⁉」

エルマーの全身に視線を巡らせながら、どう見ても強そうには見えないしと思ってる表情で眉間に皺を寄せるマリーアに、フランツが笑い声を上げた。

「ははっ、エルマーは学園を卒業しても一向に大きくならないから、仕方がないな。マリーア、こう見えてエルマーは強いから問題ない。弓とナイフの扱いは私以上だ」

「うん。危険な魔物が来ても逃げ切れるし、基本的には倒せるから大丈夫！　それに研究者に危険はつきものだからね～」

そう言って笑うエルマーに、マリーアは疲れたようなため息を吐く。

「何だか、フランツと似た空気を感じるのは気のせいよね……」

「え、そうかな？　それは嬉《うれ》しいね！　でも僕はフランツほど最強じゃないから、ちゃんと危険なところに入る時は騎士団に助力を願おうと……」

　そこで言葉を止めたエルマーは、良いことを思いついたとばかりに表情を明るくして、フランツを見上げた。

「そうだ！　ちょうどいいから、ちょっと調査に同行してくれない？　常緑の森で、人の手が入ってない奥に行くには、さすがに僕だけじゃ危ないかなって思ってたんだ」

「そうなのか。もちろん構わない」

「本当!?　ありがとう！　マリーアもいい？」

「別にいいわよ。その調査っていうのにも興味があるし」

「やったー！」

　そうして三人は共に常緑の森へと調査に向かうことを決め、この日は宿を取って早めに休んだ。


　次の日の早朝。見知らぬ場所への調査に瞳を輝かせるエルマーと、久しぶりの調査に楽しげな笑みを浮かべるフランツ、そしてまだ眠そうなマリーアがいた。

　マリーアは夜は得意なのだが、朝早いのは苦手のようだ。

「ふわぁ、あんたたち元気ね……」

「当たり前だよ！　常緑の森の奥に行けるなんて、楽しみだなぁ」

「私も学園生の時以来の調査同行が楽しみだ」

「帝立学園時代には、よく二人で森に行ったりしたよね〜」

子供が遠足に向かうような足取りで街の外を目指す二人に続いて、マリーアも目を覚ますように伸びをしながら続いていく。

「そうだエルマー、昨日はしっかりと言わなかったが、私には冒険者フランツとして接してほしい」

「りょーかい！　身分がバレないようにしてるんだもんね」

「ああ、その方が冒険者生活を楽しめるからな！」

「好きなものは楽しむのが一番だよ〜。僕も研究と調査を思いっきり楽しんでるからね！そういえば、マリーアの好きなものって何なの？」

雑談の一つとして何気なく問いかけられた質問に、マリーアはすぐに答えられず、頭の中でぐるぐると考えている様子で、しばらくして口を開いた。

「――やっぱり風魔法ね」

「そういえば、風魔法使いなんだっけ。じゃあ森で魔法を見るのを楽しみにしてるね」

「ええ、護衛は任せなさい」

「頼もしいよ！　……そうだ、マリーアってフランツの婚約者なの？」

エルマーが突然発した爆弾発言に、マリーアはちょうどあった小さな段差に足を思いっきり引っ掛けて転びかけた。

それをフランツが、ひょいっと抱き上げる形で助ける。

「おおっ、息ぴったり。やっぱり婚約……」

「違うわよ!!」

少しだけ頬を赤くしたマリーアの叫びが、早朝の街に響き渡った。

全力の否定を聞いて、エルマーは目を瞬かせる。

「何だ、フランツの婚約者が決まりそうって話を聞いてたから、てっきり婚約者と休暇を楽しんでるのかと思ったんだけど」

「……そういえば、父上からそんな話をされたな」

マリーアを地面に下ろしてから、今思い出したと口を開くフランツに、マリーアの突っ込みが入った。

「それ、絶対に忘れちゃダメなことでしょ！　というかそんな時期に二年も休暇を取って冒険者やってていいの？　しかも女のわたしと！」

「大丈夫だろう。マリーアとは仲間だし、婚約者は父上が決めるものだからな」

「いや、そうは言ったって相手のお嬢さんはあんたと会ってみたいとか、手紙のやり取りしたいとか、色々と思うものじゃないの？」

その言葉に不思議そうに首を傾《かし》げるフランツに、マリーアは疲れた表情でため息を吐く

と小さく呟《つぶや》いた。

「そういえばフランツは、恋愛感情が分からないんだったわね……」

「相手は聞いてないの？」

エルマーの問いかけに、フランツは首を横に振ろうとして、ふと以前に見た書類を思い出し動きを止めた。

「そういえば、候補者三人の詳細情報は見たことがあったな。冒険者になれた喜びで忘れていたが……」

「婚約者より冒険者優先ってどうなの……」

呆《あき》れた表情で発されたマリーアの呟きは、フランツには届いていない。

そんな中で、エルマーがずいっと顔をフランツに近づけた。

「誰なの誰なの？　フランツの婚約者に選ばれる女性って気になる！」

「そうだな……候補者の段階のため一応明言は避けておくが、一人は帝立学園の同期で、私と同じく公爵家の令嬢だ。ただこの女性は結婚に全く興味がないだろうから、向こうも婚約者候補だなんて知らないかもしれないな。そしてもう一人は我が公国に属する侯爵家の令嬢で、最後の一人が同盟国の姫だったたな」

「へぇ〜、やっぱりフランツの婚約者ってなると豪華だね」

二人が呑気《のんき》な雰囲気で交わしている会話を隣で聞いていたマリーアが、フランツの肩をガシッと強めに掴《つか》んだ。

「一つ聞いてもいい？」

視線を下げて低い声で発されたマリーアの問いかけに、フランツは不思議に思いながら頷《うなず》く。

「もちろん構わないが」

その返答を聞いて、マリーアはフランツを見上げるように視線を上げた。その眼差《まなざ》しはジトッとした、フランツを疑うようなものだ。

「その公爵令嬢と侯爵令嬢と隣国の姫が、あんたの隣にいるわたしの存在を知って、何かしてくるなんてことはないわよね？」

「ん？　その三人がマリーアに何かをするのか？　そんなことはないと思うが……」

質問の意図が分かってないフランツの返答を聞き、マリーアは大きなため息を吐《つ》いて肩を落とした。

「あんたに聞いたわたしがバカだったわ……フランツ、頭はいいんだから少しは女心も勉強しなさい。そしてわたしに迷惑をかけるんじゃないわよ！」

その言葉にフランツが曖昧に頷いたところで、マリーアは嫌な予感を覚えたのか眉間に皺《しわ》を寄せる。

「何も起きなければいいけど……」

小さな呟きは、マリーアの口の中で転がされ、二人の耳には届かなかった。

三人で楽しく話をしている間にハイゼの街を出て、しばらく静かな草原を歩いたところで、常緑の森の入り口に到着した。

「今回は二人がいるから、浅いところはどんどん進んで奥に行くよ！」

やる気十分なエルマーが先頭で、後ろにフランツとマリーアが付いていく。

常緑の森は植物が大きく育ち、他の場所では見ることができない植物が少し歩くだけで目に入り、とにかく資源豊かな活《い》き活《い》きとした森だ。

そんな森に初めて入ったマリーアは楽しげに周囲に視線を向けていて、フランツも珍しい植物を見つけた時などは、目を見開いたりと森の様子を楽しんでいる。

「ここに来たのは二年ぶりだが、やはり興味深い場所だな」

「この森は研究のしがいがあるよね～」

「なんでここでは珍しい植物が多く育っているの？」

マリーアの疑問に、エルマーが楽しげに答えた。

「理由は研究途中なんだけど、一番有力なのは気候と地形かな。でもそれだけじゃ説明しきれない植物もたくさんあって、魔物の影響だとか地下に何かあるのかもとか、森の奥に原因があるとか、推測はたくさんあるよ！　研究が進むのが楽しみだよね～！」

「そうなのね。面白いじゃない」

何気なく告げたマリーアのその言葉に、エルマーはザザザッと草を踏み締めて、素早くマリーアの下に移動する。

「植物研究所では、調査に同行する腕利きの護衛はいつでも募集してるよ！　もちろん戦闘能力を有した研究者も！」

エルマーのあからさまな勧誘に、マリーアは苦笑しつつ首を横に振った。

「わたしは冒険者ぐらい気楽な方が性に合ってるわ」

「それにマリーアは私の仲間だ。勧誘されては困る」

「ははっ、確かにそうだったね～」

そこで会話が途切れて沈黙が場を満たした直後。フランツが一瞬にして表情を真剣なものに変え、二人に小声で伝えた。

「何か聞こえる。人の声だ」

「本当？　もう結構奥に来てるから、冒険者はほとんどいないはずだけど」

「聞こえてくる声に、気になることでもあるの？」

「ああ、子供の声のように感じた」

冒険者もあまり入らない森の奥に子供の声。それが真実な場合に起こり得る最悪の展開を予想し、三人はフランツを先頭に声が聞こえる方向に足を進めた。

足音を殺しながら数分進むと――見えてきたのは、装備が乏しい十代前半に見える少年二人を連れた、二十歳ほどの男女冒険者二人だった。赤髪短髪の目つきが鋭い男と、オレンジに近い赤髪を低い位置でツインテールにした気が弱そうな女だ。

自分たちの前に少年二人を歩かせ、緊張の面持ちで周囲にキョロキョロと視線を向けている。

子供を盾と囮《おとり》にするために連れてきた、最低な冒険者二人組だな。

マリーアとエルマーは瞬時にそう思ったのだろう。眉間に皺を寄せて、二人が同時にフランツへ視線を向けると――フランツはなぜか、瞳に尊敬の色を宿していた。

二人が困惑の面持ちを浮かべるのをよそに、フランツは足音を響かせて躊躇《ためら》いなく四人の前に出ていく。

「ま、魔物か⁉」

「え、ど、どこに⁉」

冒険者二人組はそう叫んだが、フランツの姿を見てホッと息を吐き出した。

「なんだ、冒険者か」

「良かったぁ……」

安堵《あんど》に体の力を抜く冒険者二人組の下に向かったフランツは、男性冒険者の空いている手をガシッと摑んだ。

　そして、瞳を輝かせながら発する。

「君たち素晴らしいな！　子供たちに経験を積ませるために自らが危険を負い、万が一がないよう油断なく周囲を警戒する。なんと素晴らしい先輩冒険者であろうか！　私も見習いたいものだ！」

　その言葉を聞いたマリーアは、ガクッと体を傾かせた。

――あんたねぇ、冒険者への憧れも大概にしなさい！

　そんなマリーアの心の叫びは、当然フランツへは届かない。

　フランツから的外れな賞賛を受けた冒険者二人組は、少しの間だけ固まっていたが、すぐに取ってつけたような笑みを浮かべて何度も首を縦に振った。

「そ、そうなんだ。こいつらに経験をと思ってな。若い冒険者は、死ぬ確率も高いから」

「そう、そうですっ」

　男女二人組のそんな言葉を聞き、フランツは少年二人に視線を向ける。

「君たちは良かったな。良き先輩がいて」

　爽やかな笑顔で告げたフランツの言葉に、少年二人は満面の笑みで頷いた。

「うん！　兄ちゃんと姉ちゃんが一緒に来たら報酬を半分も分けてくれるって、連れてきてくれたんだ」

「さっき強い魔物を倒してくれたんだぜ！」

少年たちの言う強い魔物とは、ほとんど戦闘経験もない少年たちにとっての強い魔物であり、大人であればまず遅れをとることはない、常緑の森では下位に位置する存在だ。

しかし少年たちは冒険者二人組に尊敬と憧れの眼差しを向け——そんな視線にさらされた冒険者二人組は、無意識なのかグッと胸を押さえた。

——やっぱり囮にするのは、さすがに可哀想《かわいそう》だったか。でも森の奥にある果実採取の依頼は、俺たちだけじゃ危険すぎる。母ちゃんの病気を治すためにも金がいるんだ。

——お兄ちゃんにお母さんのためだって言われて、この子たちを連れてきちゃったけど、やっぱりこんなことダメだよね。私たちにこんなに純粋な視線を向けてくれる子たちを、騙《だま》して連れてきたなんて……。

今までは比較的真面目に、兄妹《きょうだい》で冒険者をやってきた二人だ。

今回は母親の病状が悪化し、大きな報酬額に目が眩《くら》んで少年たちを囮役として連れてくるという悪事に手を染めてしまったが、良心が残る二人の胸は、少年たちの純粋な眼差しによって大きなダメージを受けていた。

そんな二人の心情など知らず、フランツは少年たちに対して、瞳を輝かせながら冒険者の素晴らしさを語っている。

「君たちも冒険者なのか？」

「まだだけど、これから登録するんだ！」

「俺はSランク冒険者になるんだぜ！」

まだ冒険者の実情を知らない子供たちは、巷《ちまた》に聞くほんの一握りである凄腕《すごうで》冒険者の話題や、フランツが読んだような冒険小説の登場人物を思い浮かべているのだろう。頰を上気させて、冒険者への憧れを瞳に宿していた。

そんな子供たちと、フランツも同じような表情を浮かべている。

フランツは冒険者に対する認識においてのみ、この年頃の夢見がちな子供と同程度だ。

「良い夢だな。冒険者とは本当に素晴らしい職業だ。仲間思いで皆を守ろうという気概に溢《あふ》れている。君たちの先輩冒険者二人も素晴らしいだろう？」

そう言ってフランツが、罪悪感に胸を痛めている冒険者二人組に視線を戻すと、少年たちは瞳を輝かせながら頷いた。

「ああ、めっちゃ優しかったぜ！　昨日なんて肉を奢《おご》ってくれたんだ！」

最後の晩餐《ばんさん》かもしれないと思い、自らの罪悪感を減らすために奢っただけだ。

「この武器もくれたんだよ！」

壊れかけのもので、武器を所持させておけば周囲に囮ということがバレないだろうという判断からだ。

「そうなのか！　そんなにも後輩思いだとは……尊敬します」

フランツに丁寧に頭を下げられ、子供たちに純粋な尊敬の眼差しを向けられ、冒険者の素晴らしさを語り聞かされた男女二人組は――。

泣きそうに顔を歪《ゆが》め、唇を固く引き結んでいた。

――俺は、なんてことをしようとしてたんだ。妹まで巻き込んで、こんなに純粋なやつらを囮にしようだなんて……。

――私がお兄ちゃんを止められなかったから……。他の冒険者たちが悪いことに手を染めても、辛《つら》くても今まで真っ当にやってきたのに。

――そういえば俺も、子供の頃は冒険者への憧れを持ってたっけ。母ちゃんも子供を犠牲にして助かったって、喜ぶわけねぇ。なんで俺はそんなことにも気づかなかったんだ。

――今からでも、まだ間に合うかな。お兄ちゃんと一緒に、もう一度真っ当にやり直せるかな。いや、やり直すんだ。

道を踏み外しかけた二人の兄妹冒険者が、真っ当な道に戻った瞬間だった。

「お兄ちゃん」

「ああ、分かってる。まずはこいつらを安全に街まで帰さねぇと」

「そうだね」

二人が小声でそんな会話をしていると、フランツが前のめりになりながら口を開く。

「そうだ、私も子供たちが経験を積む手助けをしても良いだろうか」

その提案に冒険者二人は瞳を瞬かせたが、自分たちにとっては危険な場所で、戦力が増えるのは願ってもない話だったのだろう。

すぐに頷《うなず》くと、二人とも感動の面持ちを浮かべてフランツの手を握った。

「ぜひお願いします！」

「あなたは俺たちの救世主だっ」

「ん？　どういうことだ？」

二人の言葉にフランツは首を傾《かし》げたが、その瞬間に少年二人が声を上げ、フランツの意識はそちらに移った。

「なあなあ、早く依頼を達成しに行こうぜ」

「僕も早く行きたい！」

「そうだな。では私も同行するが良いか？」

「もちろんだぜっ。あっ、でもそうしたら報酬は皆で分けるからちょっと減るか？」

少し残念そうに告げた少年に、フランツは首を横に振る。

「いや、私に報酬はいらない。私はこちらの先輩冒険者二人に、後進を育てるという気概を学ぶ立場だからな」

「そっか。じゃあ一緒に行こうぜ！」

そうして決まった内容に、兄妹冒険者二人は感激が止まらないようだ。

――まさかこの強そうな人が、依頼達成の手伝いまでしてくれるなんて。俺たちはなんて幸運なんだ……これで悪事に手を染めず、報酬が手に入るかもしれない。そうすれば、母ちゃんの病気も治る。

――こんな幸運、神が私たちを叱って、真っ当な道を歩みなさいと更生の機会を与えてくださってるんだ。その期待には、絶対に応えないと。

――これからはもっと鍛錬をして、強くなろう。金が必要になっても、自力でいくらでも稼げるように。

――慈悲で正しい道に戻していただいたんだ。これからはもっと強くなって、本当に後進を育てられるような、そんな冒険者になりたいな。

「頑張るぜ」

「うん、頑張ろうね」

兄妹二人は拳を握りしめ、決意を固めた凛々《りり》しい表情を浮かべている。

フランツの冒険者への憧れによる勘違いが、現実となった瞬間だった。

「ありがとう。ではさっそく依頼内容について聞かせてもらいたい」

二人の決意のこもった言葉を、今回の依頼達成と後進育成に向けたものだと解釈したフランツは、そんな言葉をかける。

すると男性冒険者の方が、さっそくフランツに説明を始めた。

そうして四人とフランツが森の奥に向かって足を進める中——ふと思い出して、フランツは後ろを振り返る。

「マリーア、エルマー、勝手に決めてしまってすまない。私は少しの間、この者たちと共に行きたいのだが、二人はどうする？　マリーアの実力ならば、一人でもエルマーの護衛に十分だと思うので、私は別行動でも構わない。後で合流しよう」

完全に話の流れに取り残されていたマリーアとエルマーは、そんなフランツの言葉に顔を見合わせると、エルマーが答えた。

「僕たちも一緒に行くよ～。森の奥に行くのは変わらないでしょ？」

「わ、わたしもそれでいいわ」

「分かった。では皆で行こう」

そうして話がまとまったところで、フランツはまた冒険者たちとの話を再開させる。そんなフランツたちの後ろ姿を見つめながら、マリーアとエルマーは小声で会話をした。

「ねぇ、何が起こったの？」

驚愕《きょうがく》の面持ちを隠せていないマリーアの問いかけに、エルマーは苦笑を浮かべる。

「そうだねぇ～、フランツに影響されて、悪人がいい冒険者になったかな」

「やっぱりそうよね？　元々の目的は絶対に違ったわよね？　信じられないんだけど……」

「信じられないのは分かるよ。でも実は僕、こんな光景は何度も見てるんだよね。フランツを蹴落とそうとしてたクラスメイトが、いつの間にかいいライバルになってたりさ。フランツには言語化できない、そういう力があるんだよ」

　そう言われるとマリーアはなんとなく納得できたのか、呆《あき》れたようないつもの表情で、少し先を行くフランツを見つめた。

「確かにそういうところがあっても、不思議じゃないかもしれないわね……」

「周りをいい方向に巻き込む力があるよね～。とりあえず僕たちも行こうか。本当に心変わりしたのか、今だけの演技なのかも確かめたいし」

「そうね」

　それからは先を行くフランツたちにマリーアとエルマーも追いつき、七人の大所帯で兄妹冒険者二人が受けていた依頼を達成するため、森の奥に向かった。


　兄妹冒険者二人改め、兄のアルフと妹のリンが受けていた依頼は、アーモンドフルーツと呼ばれる希少な果実の採取依頼だった。

　両腕で抱えるような大きさのアーモンド形の皮の中に、プリンやゼリーのようなプルプルとした果肉がたくさん詰まっている果物で、その果肉は滋養強壮に良いと貴族に大人気であるため、いつでも高値で取引されている。

　さらに外皮も薬効が強く調薬に役立つということで、薬師《くすし》などに人気だ。

「アーモンドフルーツなんて聞いたことないわね。ここでしか採れないの？」

マリーアの疑問には、エルマーが答える。

「生育条件がかなり厳しいけど、一応他の場所でも採れるよ。でもこの森で採れるのは特に美味《おい》しいって言われてて、より高値で取引されるんだ」

「そうなのね。二人は食べたことあるの？」

「ああ、あれは確かに美味しい。プリンをより爽やかに甘く、そして芳醇《ほうじゅん》にしたような感じと言えば伝わるか？」

フランツの説明に、エルマー以外の全員が首を傾げた。

「そもそも俺ら、プリンも食べたことねぇな」

「そうだね。プリンは手が出ないよね」

「だよなぁ」

「食べてみたいねぇ」

冒険者になるような生まれが貧しい平民は、甘いものが口に入ることはほとんどないのだ。

「冒険者として日々努力を積み上げていけば、そのうち好きなだけ食べられるようになるだろう。依頼先の村で特産品を供されることもあるはずだ」

「おおっ、そうなのか！」

「楽しみだね！」

フランツの冒険小説ではよくある展開の話に、少年たちはこれでもかと瞳を輝かせた。

アルフとリンの二人も、そんな未来をつかみ取れるかもしれないと、僅かな期待を抱いている様子だ。

「それで、そのアーモンドフルーツはどの辺で採れるのよ」

フランツとその取り巻きのようになっている四人に、呆れた視線を向けながらマリーアが問いかけると、アルフが依頼票を思い出すようにしながら言った。

「森に入って一時間ほど奥に進んだ辺りで、日当たりが良くて水辺が近くにあるところ、って書いてあったな」

「じゃあ、もうこの辺じゃないの？」

「そうだな。水辺となると……エルマー、こっちで合っているか？」

「正解！　さすがフランツだね。方向感覚と記憶力には感心するよ」

それからはフランツとエルマーが先導する形で一行は森の中を進み、アーモンドフルーツを発見した――と同時に、フランツは表情を真剣なものに変えて上空を睨《にら》んだ。

「アーモンドフルーツの香りに釣られてきた魔物がいるな」

「そうだね。ブラックイーグルだ」

エルマーが発した魔物の名と、アーモンドフルーツの周りを飛び回る三羽のブラックイーグルに、アルフとリンは顔色をさぁっと悪くした。

このブラックイーグルがアーモンドフルーツの周りによくいることから、比較的低ランクでも受けられて報酬が高めなアーモンドフルーツの採取依頼は、誰にも受けられずに放置されていることが多いのだ。

それほどにブラックイーグルは、厄介で脅威と認識されていた。

「アルフ、リン、この場合はどうするのだ？」

二人が恐怖に顔を引《ひ》き攣《つ》らせていたところに、フランツがそう問いかける。

「どう、ってのは……」

「子供たちに経験を積ませなければいけないだろう？」

「そ、そうだな。ただブラックイーグルのように強い魔物が出た場合は、子供たちには見学させて、戦うところを見せるってのもありだと思う。それから予想以上にその数が多かったら、様子見をして隙を狙う術《すべ》を教えたりとか、とにかく安全を第一に確保しないとだからな」

まだアルフとリンも、フランツたちの強さを正確には知らない。身のこなしや装備などから強そうだなと思っているだけだ。

したがって、ここは安全第一に引こう。そんな話の流れに持っていこうとしているだろうところに、フランツは「ふむ」と納得したように頷き、口を開いた。

「助言に感謝する。では今回の場合は、戦うところを見せるのが最適だな。その役目、私が引き受けても良いだろうか」

フランツが躊躇《ためら》いなく戦うと告げたことに、アルフとリンはギョッとしたように目を剝《む》く。

「さ、三羽もいて、大丈夫なのか？」

「ん？　三羽程度ならば、なんの問題もない」

一般的な冒険者からすると、ブラックイーグルは一羽でも脅威なのだ。三羽なんて、隠れてやり過ごすか、その日は採取を諦めるような状況だった。

しかしフランツにとっては、たった三羽だ。正直何十羽いたとしても、負ける気はしない。

「そ、そうか……じゃあ、フランツさんに任せるぜ」

「気をつけてください……！」

アルフとリンにそう声をかけられ、フランツは張り切って一歩前に出た。そんなフランツから少し離れて、二人は緊張の面持ちながらも少年二人を守るような布陣につく。

その様子を見てフランツはさすが素晴らしい冒険者だと感動し、マリーアとエルマーも確かに更生しているようだと安心する様子を見せる中、フランツが告げた。

「ではいくぞ」

いっさい緊張や気負った様子はなく、徐《おもむろ》にブラックイーグルに視線を向けたフランツは——広げた右手を前に突き出す。

フランツがしたのは、それだけだった。

しかしその少しの動きにより、人の目では目視不可能なほどの速さで土魔法の石弾が三弾、それぞれのブラックイーグルに飛んでいく。

そして三弾全てが、ブラックイーグルの頭を正確に撃ち抜いた。

ブラックイーグルは己が狙われていたことにすら気づかないうちに、命を刈り取られることになる。

そんな信じられない光景を目の当たりにしたアルフとリンは、間抜けなほどに口を大きく開けて、地面に落ちたブラックイーグルを凝視した。

「どうだろう。参考になったか？」

フランツが楽しげな笑みを浮かべながら皆を振り返ったところで、アルフとリンはほぼ同時に叫んだ。

「す、凄《すご》すぎて参考にならねぇよ!!」

「全く参考になりません!!」

アルフとリンに参考にならないと断じられてしまったフランツは、少し首を傾《かし》げる。

「分かりやすい倒し方を選んだのだが」

「いや、分かりやすいとかそんな問題じゃねぇって！　何が起こったのかすら分かってないぞ⁉」

「強そうだとは思っていましたが、ここまでとは……何者なんですか⁉」

「私か？　私はDランク冒険者のフランツだ」

爽やかな笑顔で、冒険者と名乗れることに対して嬉《うれ》しさを滲《にじ》ませたフランツに、アルフとリンはまた叫ぶ。

「ブラックイーグル三羽を一瞬で倒せるやつが、Dランクな訳あるか！」

「何でDランク……というか冒険者なんですか？」

「それは、冒険者が素晴らしい職業だからに決まっているだろう？」

なんの迷いもなく、瞳を輝かせながらそう告げたフランツに、アルフとリンは疲れたような表情で深く息を吐き出すと、少年二人に真剣な眼差《まなざ》しを向けた。

「お前ら、フランツさんは特殊だから全く参考にならない。ブラックイーグルはもっと脅威だから、間違えても自分でも倒せるなんて思うなよ」

「参考にしてはダメですよ。君たち二人よりも強い冒険者が何人もいたって、死ぬことがある魔物なんだから」

二人の真剣な表情に、少年たちはごくりと喉を鳴らして頷《うなず》く。

「わ、分かったぜ」

「挑むのは、もっと鍛錬してからにするよ」

「ああ、それがいい」

四人がそんな話をしていると、色々と思考を巡らせていたフランツが、ハッと顔を上げて笑顔で言った。

「分かった。後輩に戦い方を教えるのであれば、やはり説明をしながらでなければいけないな。ただ倒しただけでは学ぶのも難しいか」

参考にならないと断じられた理由を自己完結させたフランツは、やる気を漲《みなぎ》らせてアーモンドフルーツの方へ向かう。

そして一つだけ採取をすると、高級果実であるアーモンドフルーツにその場でナイフを入れた。それによって中の果肉が現れ、周囲には芳醇な香りが広がる。

「なっ、何してるんだ!?」

「それ一つでいくらになると!」

「こうしてブラックイーグルを誘《おび》き寄《よ》せるんだ。この香りに釣られてすぐに来るだろう。それまでは皆でアーモンドフルーツを楽しむとしよう」

「誘き寄せるって……っ」

「な、何十羽も来たらどうするんですか!?」

アルフとリンはフランツの信じられない行動の連続に気が遠くなってきたのか、二人並んで虚空を見つめた。

そんな隣で、フランツは皆にアーモンドフルーツを配る。

「採りたてだから、より美味しいかもしれないな」

楽しそうなフランツに皆が恐る恐るアーモンドフルーツを受け取る中、まずはエルマーが躊躇いなく口に運んだ。

エルマーは貴族家の生まれであるため、食べ慣れているのだろう。大きな驚きもなく瑞々《みずみず》しい果肉を味わい、それを見たマリーアも興味深そうにアーモンドフルーツを観察してから口に運んだ。

「んっ、本当に美味しいのね」

「そうだろう？　味に深みがあると思わないか？」

そんなマリーアとフランツの会話に、少年二人がこれでもかと瞳を輝かせながら何度も頷いた。

「なんだこれ、めっちゃ美味《うま》い！」

「今まで食べたものの中で一番美味しい！」

少年たちはブラックイーグルが襲ってくるかもしれない恐怖よりも、高級果実が食べられることに意識が向いているようだ。

「そうだろう？　もっと食べると良い」

「本当か⁉」

「ありがとう！」

少年たちが追加のアーモンドフルーツをもらう中、アルフとリンは美味《おい》しいものを味わうどころではないようで、顔色を悪くして周囲にキョロキョロと視線を向けていた。

「食べないのか？」

しかしフランツに問いかけられたことで、ヤケクソのように動く。

「……食べるっ！」

「……わ、私も！」

そうして皆でアーモンドフルーツを味わっていると、香りを察知したのだろうブラックイーグルが一羽、二羽と集まってきた。

その数はすぐ十羽ほどになり、アルフが恐る恐るフランツに問いかける。

「だ、大丈夫、なんだよな？」

「もちろんだ。では二人とも、私の戦い方をよく見ておくように」

フランツは少年二人にそう伝えると、楽しげな笑みを浮かべながら剣を抜いた。

「お、おうっ」

「ちゃんと見てる！」

二人の返事を背中で聞きながら、ブラックイーグルに視線を合わせる。

「最初は剣で倒す方法を実践しよう。剣では上空を飛ぶブラックイーグルに、どうしても届かない。そこでこのようにして……」

フランツはいくつかの木の枝や幹を上手《うま》く足場にすると、重力がないと錯覚するほどに軽々と駆け上がった。そしてブラックイーグル目掛けて木の幹を強く蹴り、剣で真っ二つにする。

空中でくるっと体を前方に一回転させ、一度近くの木の幹を蹴って落下の速度を抑えてから、地面にほぼ音もなく着地した。

フランツの着地とほぼ同時に頭と胴体が離れたブラックイーグルもどさっと地面に落ち、討伐成功だ。

「このように木の幹や枝を上手く使うと、上空にいる魔物も剣で倒せる」

「……どんな超人だよ！」

アルフがなんとか突っ込んだが、その言葉を言われ慣れているフランツは、にこやかな笑みを浮かべるだけだ。

「次は魔法だが、魔法の場合は何も難しいことはない。頭に狙いを定めて魔法を放つだけだ。あとは……そうだな、何も武器がなかった時には、このような落ちている石を使うと良い」

そう言って近くにあった拳大の石を拾い上げると、上空でフランツを警戒しているブラックイーグルに対して投げつけた。

目にも留まらぬ速さで飛んだ石は、魔法による石弾同様、ブラックイーグルの頭に当たって、また一羽を撃ち落とす。

「こんな感じだ」

少年たちを振り返ったフランツに、またアルフが突っ込もうとしたのか口を開きかけたその時、上空にいる数羽のブラックイーグルが甲高い特徴的な鳴き声を上げた。

するとその直後、フランツの体が真っ黒な霧に包まれる。

「おっ、やっと来たか。これはブラックイーグルが使う闇魔法で、ブラインドというものだ。これを掛けられたら十秒ほど視力は全く当てにならない。そこで頼りになるのは聴力や敵の気配だ」

ブラインドによって視界が奪われたフランツに、数羽のブラックイーグルは一斉にその鋭い鉤爪《かぎつめ》を光らせて急降下した。

誰もがフランツの生存に絶望を感じる光景だが……見えているのと全く変わらない様子でフランツは剣を振り、襲ってきたブラックイーグルの急所を、的確に切り付けていく。

黒い霧が晴れた時には、もう飛んでいるブラックイーグルはいなかった。

「このような感じだな。参考になっただろうか」

今度こそと期待の眼差しで皆を振り返るフランツに……アルフとリンは、今日で一番の

大声で叫んだ。

「だから、凄《すご》すぎて参考にならねぇ!!」

「私たちには真似《まね》できません……!」

そんなフランツたちのやり取りを呆《あき》れた表情で見ていたマリーアは、小声でエルマーに問いかけた。

「ねぇ、あんなので騎士団長なんてできるの?」

その尤《もっと》もな問いかけに、エルマーは苦笑を浮かべる。

「多分、問題ないんじゃないかな。騎士団にいるのって優秀な人材の上澄みだから。帝立学園でもあんな感じのフランツの説明で、結構皆が納得してたよ」

「そうなのね……」

今のフランツが出来上がった理由の一端を知ったマリーアは、どこか遠くを見つめながらため息を吐《つ》いた。

そんな二人の会話は知らず、フランツは自らの無力さを痛感していた。

自分では手応えを感じていた実演を、アルフとリンの二人に参考にならないと断じられたのだ。

「良き先輩冒険者となるのは難しいな……これからも精進しなければ」

フランツがそう決意をしていると、少年二人は無邪気な笑顔でフランツを褒める。

「兄ちゃん、めちゃくちゃカッコよかったぜ！」

「冒険小説の主人公みたいだったよ！」

その言葉を聞いたフランツは、目を見開きながらガバッと顔を上げた。

「それは本当か？」

「おう！」

憧れの冒険小説に出てくる主人公のようだ。それはフランツにとって、何よりの褒め言葉だ。

（ということは、私の実演に問題があるわけではなさそうだ。そうなると、参考にならないというのは……説明下手が原因かもしれないな）

そう考えたフランツは、今後の方針を決めた。

「ありがとう。これからも自分の技術を磨きつつ、それを皆に伝えられるよう精進していこう。そして素晴らしき冒険者を目指していく」

そんな宣言に、マリーアがポツリと呟《つぶや》く。

「技術を磨いたら、より参考にならなくなるんじゃないの……？」

しかしその呟きは他の誰にも聞こえず、少年二人はフランツにキラキラした眼差《まなざ》しを向けた。

「俺たちも兄ちゃんみたいな冒険者を目指すぜ！」

「頑張る！」

「ああ、互いにこれからも励もう」

フランツは少年二人と拳をぶつけ合うと、微妙な表情を浮かべていたアルフとリンに視線を向けた。

「では採取をしてしまおう。採取は子供たちにやらせるのか？」

「そう、だな。それでいいと思う」

「二人とも、採取はできる？」

「もちろんだぜ！」

「できるよ！」

そうしてそれからは、ブラックイーグルがいなくなり安全となった森の中で、少年たちを中心にアーモンドフルーツの採取をした。

持ち帰れるだけの採取を済ませたら、フランツたち三人とアルフたち四人はお別れだ。

「皆、今日は様々な気づきを得られた。とても有意義な時間を感謝する」

フランツが告げたその言葉に、アルフとリンは神妙な面持ちで頷《うなず》いた。

「それはこっちのセリフだぜ。フランツさんに会えて良かった」

「本当にありがとうございました」

「そう言ってもらえると嬉《うれ》しいな。今日の礼に、必ず二人のような素晴らしい冒険者になることを誓おう」

爽やかな表情でそう言ったフランツに、二人は微妙な表情になる。

「いや、それは俺たちのセリフな気がするが……」

アルフとリンは顔を見合わせると、ほぼ同時に深々と頭を下げた。

「これからは少しでもフランツさんに近づけるよう、頑張ろうと思う！」

「フランツさんほどの冒険者になるのは難しいかもしれませんが、少しでも近づけるように頑張ります！　もしまた会える時があったら、その、声を掛けてもいいでしょうか？」

少し頬を赤らめて告げたリンに、その場にいる皆はリンがフランツに特別な気持ちを抱いていることが分かったのだろう。なんだか生暖かい空気が流れた。

そんな中でフランツは、嬉しげにリンの肩に手を乗せる。

「え、あの……」

突然の行動にリンがより頬を赤らめる中、フランツが告げた。

「もちろんだ。私たちは良きライバルだな！」

その言葉にマリーアがガクッと体を傾かせ、エルマーは苦笑を浮かべる。アルフは心配そうに妹を見つめていて、肝心のリンは……嬉しそうに頷いた。

「はい！　ライバル、ですね。負けないように精一杯頑張ります！」

誰もがそれで良いのか、という微妙な表情を浮かべる中で、二人は笑顔だ。

（やはり冒険者にはライバルも必要だ。これで私もまた一歩、素晴らしき冒険者に近づけただろうか……！）

内心でそんなことを考えていたフランツは、アルフ、そして少年二人の肩にも、順に軽く手を置いた。

「全員同じ冒険者として、切磋琢磨《せっさたくま》し頑張っていこう」

「そ、そうだな。頑張るぜ」

「俺も頑張るぜ！」

「僕も！」

フランツの勢いに飲まれる形でアルフと少年二人が決意を固め、そうしてアルフたち四人とは別れることになった。

「ではまたいつか会おう」

「街まで気をつけるのよ〜」

「またね〜」

四人の姿が見えなくなるまで、フランツたち三人は手を振り、偶然の出会いによるちょっとした冒険は終わりだ。

フランツは、視線をマリーアとエルマーに戻した。

「とても素晴らしい出会いがあったな」

満面の笑みを浮かべるフランツに、エルマーは「そうだねぇ」といつも通りの笑顔で頷き、マリーアはフランツの背中を叩《たた》く。

「あんた、なんか凄いわね！」

突然の賞賛に、フランツは困惑して首を傾《かし》げた。

「……私は何を褒められているのだ？」

「もう、とにかく色々よ。全てが常人離れしてるわ」

「そうか。一応ありがとうと言っておく」

そうして話に一区切りが付いたところで、エルマーが明るい声で森の奥を指差した。

「じゃあ、僕たちはもっと森の奥を目指そう。ちょっと長い寄り道になったし急ぐよ～」

「そうだな」

「そうね。早く行きましょ」


それから三人は、常緑の森の奥へとさらに一時間は歩き続けた。

三人が足を止めた場所は、人の手が全く入っていない自然そのままの場所で、その自然に圧倒されるように顔を上向ける。

「凄いね〜！」

「森の奥はこんな感じになってるのね」

「草木がさらに大きく生長していて、森の外縁部とはかなり様子が異なるな」

しばらく森の様子に目を奪われ、まず動き出したのはエルマーだ。

エルマーは興奮を抑えきれない様子で、持ってきた器具を片手にそこかしこの植物や苔《こけ》などを採取し始めた。

「凄いよ……！　新種の植物に、基準を大幅に超えて生長している植物たち。土壌も他の場所とは違うみたい！」

試験管のようなものを両手に持って口角を上げるエルマーに、フランツは昔を思い出して少し目を細める。

「エルマーのその姿は久しぶりに見たな」

「僕は今でも毎日のようにこうしてるよ〜。あっ、フランツも久しぶりに採取してみる？

マリーアが見張りをしてくれるなら」

「わたしはいいわよ」

「そうだな……では少し手伝おう。マリーア、よろしく頼む」

ピンセットや小さなナイフ、手袋に試験管やビーカー、精製水など様々な採取道具を手渡されたフランツは、手慣れた様子で紫色の花を咲かせた植物の採取を始めた。

「さすがフランツ！　それが新種だってよく分かったね」

「国内の植物ならば大抵は頭に入っているからな。エルマー、こちらの苔は突然変異種じゃないか？」

「え、本当⁉」

エルマーは急いでフランツが指差す岩に向かう。

じっと岩に顔を近づけて苔を観察し、少ししてから瞳を輝かせた。

「うわぁ、本当だ！　この品種の苔って葉の形は全縁《ぜんえん》のはずなのに、いくつか鋸歯《きょし》になってるよ！　え、別の品種が交じってるんじゃないよね⁉」

大興奮でそう叫んだエルマーは、金属製のヘラを取り出すと真剣な表情で苔に向き合う。

「とりあえず、丁寧に採取して研究所に持ち帰らないと」

それからも二人は専門用語を用いつつ、時には真剣に、時には主にエルマーが興奮しながら、次々と植物を採取していった。

二人を横目に見張りをするマリーアは、感心というよりも呆れた表情だ。

「何を言ってるのか、ほとんど分からないわね……それにエルマーはまだ植物研究所の副所長として知識があるのは分かるとして、なんでフランツが同じレベルで会話ができるのよ」

そう呟いたマリーアが、素人目には専門家となんら遜色ないフランツの動きに意識を向けた――その瞬間。

　フランツが厳しい表情で立ち上がった。

　さらにエルマーもその場に立ち上がり、マリーアの耳にも遠くで木々が揺れるような音が届いたのか、ハッと視線を動かす。

「魔物だ。……これは相当強いぞ。エルマー、今すぐ片付けろ。マリーアは援護を頼む」

「了解」

「わ、分かったわ」

　フランツは二人に指示を出すと、剣を抜くのではなく、近くにあった太い木の枝を手にした。

　ごくりと喉を鳴らし、森の奥をじっと射貫《いぬ》く。

　張り詰めたような緊張感が場を支配する中、突然間近で爆音が響いた。

　バリバリッという雷が落ちるような音と共に、姿を現したのは雷を纏《まと》った紫色の巨大なヒョウのような魔物だ。

　傍目《はため》には魔物が動いたことさえ全く気づかないほどの素早さだったが、フランツは振り下ろされた鋭い爪を、手にしていた太い木の枝で受け止めた。

「くっ……っ」

　しかし所詮は木の枝だ。巨大な体軀《たいく》から繰り出される攻撃に耐えられるはずもなく、すぐに粉砕してフランツは頬にうっすらと傷を負った。

ただ魔物としては、攻撃が防がれると思っていなかったのだろう。一撃でフランツが死んでいないことに警戒したのか、フランツから少し距離を取り、こちらを観察するような動きを見せている。

そんな魔物の様子を確認して、フランツは体勢を低くして警戒を解くことなく、マリーアとエルマーに告げた。

「サンダーレパードだ。金属製の武具は絶対に使うな。もし身に付けていたらすぐに外すんだ」

その忠告を聞いて、マリーアが大きく目を見開く。

「サ、サンダーレパードって、災害級とも言われる魔物じゃない。辺境の村が一夜にして壊滅したって、そんな話を聞いたことがあるわ……ま、間違いじゃないの？」

「ほぼ確実だ。体長が数メートルにも及ぶ大きさ、雷を纏っているという特徴、そして紫の毛皮。全てあの魔物がサンダーレパードであると示している」

「そんな……勝てる、の？」

拳をキツく握りしめて不安げなマリーアの問いかけに、フランツはしっかりと頷いた。

「もちろん勝てる」

その返答にマリーアが小さく息を吐き出す中、フランツは樹脂で作られたゴム製のグリップを鞄《かばん》から取り出し、剣の柄《つか》に取り付けた。

これでサンダーレパード相手にも、金属製の剣が使えるのだ。

フランツが剣を構えたところで、覚悟を決めた様子のマリーアも顔を上げ、エルマーも弓を構えた。

三人とも迎撃準備を終え、しばらくは膠着《こうちゃく》状態が続き——先に動いたのは、サンダーレパードだ。

地面を強く蹴って跳躍したサンダーレパードは、一直線にマリーアへと向かった。

しかし覚悟を決めたマリーアは強い。向かってくるサンダーレパードを強く睨《にら》み、杖を使わずとも大規模魔法を放った。

「わたしを弱いとでも思ったなら……大間違いよ！」

マリーアが放った魔法は、最大威力のトルネードだ。

周囲の木々も巻き込みながら、サンダーレパードを吹き飛ばした。

さらにそれだけで終わりではない。近くの大木の幹にぶつかったサンダーレパードを、無数の風の刃《やいば》で追撃する。

逃げ場がないような攻撃の応酬だったが、サンダーレパードも容易にやられる魔物ではなかった。大木の幹を足場にして跳躍すると、風の刃を難なく躱《かわ》したのだ。

しかし攻撃を躱しているという、大きな隙をフランツが見逃すはずもない。風の刃を躱して体勢が崩れているサンダーレパードに、フランツは思いっきり飛び込んで剣を振り下ろした。

「はっっ！」

フランツの剣はサンダーレパードの右脚を深く切り付け、フランツはそのままの勢いで近くの木の幹に足をめり込ませる形で体を止める。

そしてそのまま地面に下りることなく、木の幹を蹴ってまたサンダーレパードに飛び込んだ。

ガキンッッ！

致命傷を負わせられるかという二撃目だったが、鋭い爪に弾《はじ》かれてしまった。

反動で体勢を崩したフランツが地面に着地すると、その瞬間をサンダーレパードが狙い雷撃を放つ。

フランツは冷静にその攻撃を土壁で対処すると、フランツと同様に地面へと下り立っていたサンダーレパードに向けて剣を振った。

サンダーレパードの攻撃を上手《うま》く躱しながら確実にダメージを喰《く》らわせていくその様子は、さながら舞っているようだ。

「フランツいくよ！」

弓を構えていたエルマーが、合図とともに一本の矢を放った。

するとフランツへの対処で手一杯だったサンダーレパードは、右目から少し外れたところに矢を受ける。

「ギャオォォッ！」

痛みに叫び、怒りに声を低くしたサンダーレパードは、今度はエルマーに向かって飛び掛かった。

しかしそれを、フランツが魔法で飛ばした巨大な氷槍《ひょうそう》が止める。

氷槍を後ろ脚の付け根に喰らったサンダーレパードは、明らかに動きを鈍くした。

フランツはこの機会を逃さない。風魔法を使って地面を強く蹴り、一瞬にしてサンダーレパードに飛び掛かる。

右上から振り下ろしたフランツの剣は、正確に首を捉えて深く刺さった。

フランツが剣を振り切ると首元からは大量の血が吹き出し、サンダーレパードは苦しげな呻《うめ》き声《ごえ》を上げる。

「グルゥゥガウッッ！」

最後の足掻《あが》きとばかりに全方位に放出した雷撃を、フランツが咄嗟《とっさ》に作った土壁で防ぐと――。

サンダーレパードは、息絶えた。

フランツが土壁を平らに均《なら》し、サンダーレパードの生死を確認する。

「死んでいるな。討伐完了だ」

そう告げた瞬間、マリーアは体の力が抜けたのか、近くにあった石の上に腰掛けた。

「はぁ……倒せたのね。この人数でほぼ無傷の討伐だなんて、信じられないわ。フランツは本当に規格外の強さね」

「やっぱりフランツは強いよね〜。調査にこれ以上心強い同行者はいないよ」

二人の賞賛に、フランツは爽やかな笑みを浮かべる。

「ありがとう。しかしサンダーレパードに出会うとは、さすがに驚いたな」

「僕も予想してなかったよ。常緑の森の奥には人が入ってないし、強い魔物がたくさんいるのは分かってたんだけどね〜」

エルマーはそう言うと、楽しげに瞳を輝かせた。

「サンダーレパードがいるってことは、餌となる植物が豊富だってことだし、これからの調査が楽しみだよね！」

「そういえばサンダーレパードは雑食で、いくつかの珍しい果実を好むのだったか？」

「そう！　だからもっと奥に行きたいけど……フランツにずっと手伝ってもらうわけにもいかないし、騎士団は手を貸してくれるかな」

「最近は第二騎士団に少し余裕があるという話だから、問題ないだろう」

帝国の騎士団は四つに分かれていて、フランツが騎士団長をしている第一騎士団の他に、近衛、第二、第三と他三つの騎士団があるのだ。

その中でも第二騎士団は、魔物対策を主要な任務としている。

「そうなんだ！　じゃあ所長に言ってお願いしてもらおうかな～」

「私からもイザークに連絡をしておこうか？　サンダーレパードの出現は、一応伝えるつもりだからな」

「本当？　じゃあお願い」

「分かった。任せておけ」

そこで話が途切れると、マリーアが立ち上がってサンダーレパードに近づいた。

「これはどうするの？　ギルドにも報告する？」

「そうだな。ギルドへ情報を伝えるのは、冒険者たる我々の責務だろう。情報のあるなしは安全性に直結するからな。サンダーレパードは……私が運ぼう」

巨大なサンダーレパードをまるで一人で運ぶようなフランツの物言いに、マリーアがパチパチと目を瞬かせていると、フランツはサンダーレパードの毛皮の一部をガシッと摑《つか》んで、その巨体を軽々と持ち上げた。

物理法則を無視したようなその光景に、マリーアが叫ぶ。

「な、な、何で持ち上がるのよ!?」

「ん？　簡単なことだ。サンダーレパードを持ち上げるために必要な支点を割り出し、そこを的確に真下から風魔法で狙えば良い。万が一にも飛んでいかないよう、一ヶ所だけ掴んで固定をすれば完璧だ」

基礎魔法を教えるかのような口調で伝えられた高等魔法に、マリーアはため息を吐《つ》いた。

「あんたねぇ……それは、簡単なことじゃないわよ！」

「そうだろうか？　風魔法が得意な者、つまりマリーアにもできるはずだぞ。今までの魔法を見ている限り、風魔法は私よりもマリーアの方が確実にコントロールが上だ」

突然褒められたマリーアは、少し疑いながらもその気になったのか、杖を握りしめてフランツに一歩近づく。

「……どうやるのよ」

「そうだな……では今から示した場所を、風魔法で持ち上げてくれ。場所ごとに掛かる重さが違うので、それは感覚で調整が必要だ」

「分かったわ」

それからフランツがマリーアに助言をしながら練習すること数回。マリーアはフランツの助けなしに、サンダーレパードを持ち上げることに成功した。

「意外と簡単ね」

「そうだろう？」

フランツの場合は一点を自分の腕で掴んで固定していたが、マリーアはそれも風魔法で行っているため、少しの練習でフランツをも超えてしまった。

何の支えもなしにぷかぷかと宙に浮かぶサンダーレパードを見て、エルマーが呆《あき》れた表情で小さく呟《つぶや》く。

「やっぱり規格外なフランツの下には、規格外な人が集まるんだね～」

風魔法を使って物を浮かべる。言葉にするのは容易《たやす》いが、百人いたら百人ができないような、高度な技術なのだ。

「風魔法ならフランツに勝てそうね」

「やはりマリーアは凄《すご》いな」

そんな会話をする二人に、エルマーが割って入った。

「じゃあ二人とも、サンダーレパードも運べそうだし、そろそろ街に戻ろうか。あとは戻りながら採取するよ～」

「確かに意外と時間が経《た》ってしまったな」

「戻りましょうか。森の中で暗くなるのは嫌だものね」

そうして三人は方向を変えて、ハイゼの街に戻るために足を進めた。

◇◇◇

夕暮れ時のハイゼの街。冒険者や商人で賑《にぎ》わっている外門は、突然騒然となった。

その理由は常緑の森の方向から、宙に浮かぶ巨大な魔物が姿を現したからだ。

「み、皆、早く中へ！」

「魔物だ！　魔物が来たぞ！」

「門を閉めろ！　守りを固めろ!!」

全員が慌てふためき、必死に防御態勢を整えていく。

しかし未知の魔物が宙に浮いているのだ。どう対策を練れば良いのかも分からず、その場にいた警備兵たちはとにかく慌てるしかなかった。

「ま、まずは避難誘導だ！」

「でもどこに逃げれば……！」

「そもそも宙に浮かべるんですよ!?　外壁なんて飛び越えてくるんじゃないですか！」

「っ……でもだからと言って、他に打てる策はないだろ！」

「先手必勝でこちらから仕掛ければ！」

「そんなことをしたら魔物を怒らせるだけだ！」

「でも隊長、あの魔物、なんか力が入ってないというか、寝てるような雰囲気じゃないですか？」

一人の警備兵が発した言葉に、一気に場の混乱が収まり、皆で魔物に向けて目を凝らす。

「確かに……そんなふうにも、見えますね」

「どういうことだ？」

「な、何かがこちらに走ってきますよ!?」

その言葉に、張り詰めた緊張感が場を支配した。

警備兵たちが自らの得物を手に、緊張の面持ちで構えていると——。

姿を現したのは、人間だ。

「人みたいですよ……？」

「もしかして、あの魔物から逃げてきたんじゃ」

「それならすぐ中に入れてやれ。そしてあの魔物の正体について話を……」

警備兵たちがそこまで話をしていると、ハイゼの街に向かって走ってくる人物。そう、フランツが声を張った。

「申し訳ない！　あちらに見えるのは私たちが討伐した魔物だ！　迷惑をかけるつもりはなかったのだが……」

その予想外な内容に、警備兵たちは目をパチパチと瞬かせた。

◇　◇　◇

サンダーレパードが原因だろう騒動が、街の外門で起きていることに気づき、フランツは一人で先行して街に向かい真実を伝えた。

しかし冒険者であるフランツが、見るからに強そうな魔物を討伐したという報告を素直に信じることはできなかったのだろう。

ちょうどこの場にいたハイゼ警備隊の隊長が、訝《いぶか》しげに問いかけた。

「あの巨大な魔物は何なのだ？　本当に倒せたとして、どのように宙に浮かべている？」

「あの魔物はサンダーレパードだ。まさか常緑の森で出会うとは驚いた。浮かべているのは風魔法の応用だな。私の仲間が運んできている」

フランツが簡潔に答えたが、多分ほとんどの者たちに後半のセリフは聞こえていなかっただろう。誰もがサンダーレパードというその名前に、大きく目を見開いていた。

「な、サ、サンダーレパード？」

「それってあの、災害級の？」

「ヤ、ヤバくねぇか」

警備兵だけでなく、野次馬《やじうま》のように集まっていた一般人の間でもざわめきが広がっていく。

「私でも名前を聞いたことがあるよ」

「確か村が一つ壊滅させられたとか」

「そんな魔物が出たのかい？」

「早く逃げなくっちゃ！」

「でも、あのカッコいい人が倒したって」

「いや、冒険者だろう？　倒せるわけ……」

フランツの言葉をどう捉えれば良いのか、皆が悩んでいるうちにマリーアとエルマーはどんどん街に近づいてきていた。

警備隊の隊長は、どう対処をするべきか選択を迫られる。

「隊長、この距離なら魔法が届きますよ。攻撃しますか？」

その問いかけに隊長が眉間に皺《しわ》を寄せる中、フランツが動いた。

「サンダーレパードを私が倒したと信じてもらえれば良いということだな？　それならば一つ魔法を使おう」

フランツは派手な魔法を使って、実力を認めてもらおうと考えたのだ。

(こういう時に、騎士団長という身分がどれほどの力を持っていたのか、改めて実感するな。冒険者とは素晴らしい職業であるが、全員がサンダーレパードを倒すほどの実力を兼ね備えていると担保するものではない。冒険者の素晴らしさは、その心意気だからな)

フランツの言葉に警備兵たちが困惑する中、フランツはサンダーレパードによって誰もいなくなった街の外に手のひらを向けた。

そして地面から巨大な花が咲き乱れるように、無数の氷槍《ひょうそう》を生やしていく。

パリパリパリッと氷が生成される特有の綺麗《きれい》な音と共に、人の背丈、さらに街の外壁さえも超えるような大きさに成長していく氷槍の塊に、誰もがポカンと口を開けて呆然《ぼうぜん》と上空を見つめた。

そんな中で魔法を止めたフランツは、笑顔で告げる。

「このように戦闘は得意なのだ」

(これでサンダーレパードを倒したと信じてもらえただろうか。私たちのせいで街に混乱が発生するなど、絶対に避けなければいけないからな)

もはやサンダーレパードではなくフランツの魔法によって混乱が発生する勢いであるが、フランツは満足して周囲の皆を見つめた。

するとその瞬間、大歓声が沸き起こる。

「おおっっ!!」

「今の魔法なんだ!?　めちゃくちゃすげぇ！」

「あの人って冒険者なのよね!?」

「冒険者にも、あんなに強くてカッコいい人がいるなんて……」

「凄くカッコいい！」

「僕も冒険者になりたい！」

先ほどまでサンダーレパードに怯《おび》え、焦りや恐怖心が蔓延《まんえん》していたのと同じ場所とは思えぬほどに、皆の表情は明るい。

「名前はなんて言うんだ？」

「本当に冒険者なのか？」

それらの問いかけに、フランツは笑顔で答える。

「もちろん。私はDランク冒険者のフランツ。まだ冒険者としては未熟であるため、日々たくさんのことを学び、冒険者として少しでも素晴らしい存在になりたいと思っている」

爽やかな笑顔で告げたフランツの本心は、その場にいる大勢の心に響いた。

底辺職であり、皆から馬鹿にされるような職業が、今この瞬間だけだとしても、讃《たた》えられて憧れられていた。

そうしている間にマリーアとエルマーが街に着き、マリーアがサンダーレパードを一度地面に下ろしたことで、さらに歓声が沸き上がる。

「本当に死んでるぜ！」

「すげぇ!!」

警備兵たちも、信じられないものを見たという表情で、サンダーレパードとフランツたちを交互に見つめていた。

「本当に、討伐したのか」

「あのサンダーレパードを……」

「何者なんだ？　本当に冒険者なのか？」

興奮と動揺が広がる中、マリーアが呆れた表情でフランツに告げる。

「あんた、何をすればこんな騒ぎになるわけ？　騒ぎにならないようにって、先に行ったんじゃなかったの？」

「何だかたくさん人が集まってるねぇ～」

苦笑を浮かべたエルマーが大きく手を挙げ、その場の責任者を呼んだ。

「警備隊の代表者の人、ここにいるかな～」

その声掛けに隊長がハッと我に返ったように顔を上げ、名乗り出る。

「私がハイゼ警備隊の隊長を務めています」

「おっ、ちょうどいいね！」

それからフランツたちは結局騒ぎになってしまったことに謝罪をしつつ、主にエルマーが身分を明かしてサンダーレパードに関する対処をした。サンダーレパードはこの場で預かってもらえることになり、ギルドを通して魔物研究所に売ることを決める。

ギルドに提出する預かり証を発行してもらったら、外門でやることは終了だ。

「では騒がせて悪かった。臨機応変な対応、感謝する」

「い、いえ、こちらこそ疑ってしまってすみませんでした」

冒険者であるはずの男から滲《にじ》み出る威厳に気圧《けお》されているのか、警備隊の隊長に頭を下げられ、フランツたちは街中に入った。

街中に入れば騒ぎも収まり、何事もなく冒険者ギルドに辿《たど》り着《つ》いたフランツたちは、まず受付にサンダーレパードの預かり証を提出した。

それによってサンダーレパードを買い取ってもらえることになり、その金額はなんと。

二百万トール。

低賃金な職業の年収に匹敵する金額に、マリーアは目玉が飛び出すほどに目を大きく見開き、買取金額が書かれた紙を三度見した。

「な、な、なにこの金額！」

「適正価格となっております。こちらで問題ありませんでしょうか」

冷静沈着で仕事ができそうな受付嬢にそう問いかけられ、フランツとエルマーはすぐに頷《うなず》く。

「問題ない」

「妥当だね〜」

この金額に眉をぴくりとも動かさない二人に、マリーアは信じられないというような表情を向けた。

「あんたたち、もうちょっと庶民の金銭感覚を持った方がいいんじゃない？」

「大丈夫だ。知識としては知っている」

「僕もこれが高いことは分かるよ〜。でもこれじゃあ貴重な研究サンプルは全然買えないし、そこまでの金額じゃないかなって」

マリーアがその言葉に遠い目をしている中、受付嬢が十万トールの価値を持つ金板を並べながら口を開く。

「冒険者ランクに関しても話があるのですが、よろしいでしょうか」

「もちろん聞こう」

「ありがとうございます。フランツさんはサンダーレパードの討伐という実績で、Cランクへと昇格することが決定いたしました。本当ならばもう少し上げたいとのことですが、Cより上へは実技試験を受けていただかなければいけません。そこでフランツさん、そしてマリーアさんも、実技試験を受けませんか？　こちらに合格しましたら、お二人ともBランクとなります」

その提案に、まず口を開いたのはマリーアだ。

「わたしもなの？」

「はい。マリーアさんは今までの実績から、Bランク昇格のための実技試験を提案しようとギルドで考えているところでした。そのため、フランツさんと同時に受けていただければと思います」

「そうだったのね。わたしは受けるので構わないけど」

フランツに判断を委ねるよう見上げたマリーアに、フランツは口角を上げて頷いた。

「もちろん私も受けよう」

早すぎるランクアップに少し思うところはあるものの、フランツは実技試験という冒険小説で必ずある展開に心を躍らせていた。

二人が了承したことで、受付嬢は口を開く。

「かしこまりました。では実技試験に関してですが……」

説明を開始しながら、受付嬢が一枚の紙をカウンターに載せたところで、突然フランツの腕を後ろから引っ張る存在が現れた。

「兄ちゃん！」

後ろを振り返るとそこにいたのは、十歳ほどの少年だ。

深刻そうな表情で、どこか焦ったような少年は、フランツの目の前に一枚の依頼票を差し出す。

「さっき外門にいた魔物を倒したって聞いたけど、兄ちゃん強いんだよな！　それならこの依頼を受けてくれ！　妹を助けてほしいんだ！」

少年の真剣な懇願に、フランツはすぐ依頼票に目を向けた。

第六章 ⚜ 実技試験と少年の懇願

　少年が差し出した依頼票には、村の子供を攫《さら》う誘拐犯の特定と、行方不明の子供の捜索と書かれていた。依頼のランクはCだ。

「お願い！　受けてくれよ！」

　必死に頼み込む少年に、まずは落ち着いてもらおうとフランツが口を開きかけると、ギルドの入り口付近から一人の男性が慌てて少年に駆け寄ってきた。

「クルト！　急に声を掛けたら迷惑だろう？　皆さん申し訳ございません」

「父ちゃん、でも早く強い冒険者に依頼を受けてもらわないと、ミーアが……」

　泣きそうな表情で唇を強く引き結んだ少年——改めクルトに、フランツはゆっくりとした口調を意識して声をかける。

「詳しい話を聞かせてくれないか。誘拐犯とはどういうことだ？」

　フランツの言葉に少しだけ冷静になったのか、クルトは一度深呼吸をしてから、苦しげに言葉を紡いだ。

「一週間前に、妹のミーアと友達の女の子が、突然いなくなったんだ。そして三日前にも俺の友達が一人いなくなって、二日前にも友達がいなくなって……」

そこで泣きそうに顔を俯《うつむ》かせてしまったクルトに続いて、父親が口を開く。

「突然四人も子供たちが行方不明となったことで、村長の息子である私と、その息子であるクルトで近くの街であるここハイゼに来ました」

そこまでの説明を聞き、フランツは険しい表情を浮かべた。四人も続けて子供がいなくなるという事態は、到底軽く見られるものではないのだ。

「ハイゼ警備隊は捜索をしているのだろうか」

フランツの問いかけに、父親は首を横に振る。

「いいえ、一応ここに来てすぐ向かったのですが、田舎の村に対応できるほど警備兵に余裕はないと……」

「ほう」

その言葉に、フランツは怒りを湛《たた》えた笑みを浮かべた。

（自らが治める領地の管理もできないなど、到底看過できぬ怠慢だ。すぐイザークに情報を送らなければ）

既に底まで落ちていたハイゼ子爵への評価がさらに下がったところで、マリーアが口を開く。

「だから冒険者ギルドに来たのね」

「そうなんだ。でも相手の強さが分かんないし、魔物なのか人なのかも分からなくて、受けてくれる人がいなかった。そしたらちょうど兄ちゃんたちを見つけて、絶対に依頼を受けてもらいたい！　って、思って……」

後半は勢いをなくし俯いてしまったクルトだが、すぐに決意を固めたように顔を上げると、強い眼差《まなざ》しで言った。

「お願いだ。依頼を受けてほしい。妹を、皆を助けてっ！」

その願いを正面から受け止めたフランツは、安心させるように笑みを浮かべて、クルトの頭に手を置く。

「分かった。その依頼、私が受けよう。マリーアも良いか？」

「もちろんいいわよ。子供たちが攫われてるなんて心配だもの」

即答したマリーアにフランツは少しだけ視線を向けると、すぐクルトに戻して口端を持ち上げた。

「クルト、私たちが行くからにはもう大丈夫だ。なぜなら私たちは、冒険者だからな！」

フランツ以外にとっては全く決まらないセリフだったが、フランツは大満足だ。

そうしてクルトたちの依頼を受けることを決め、フランツは待たせていた受付嬢に視線を戻した。

「話を中断してしまい、申し訳なかった。依頼を受けることにしたため、実技試験はまた今度に……」

フランツが断ろうとすると、それを受付嬢が遮る。

「いえ、それには及びません。冒険者ギルドの実技試験は現在のランクと同等か一つ上の依頼を、試験員の監視下で受けていただくというものです。したがって、そちらの依頼を実技試験とすることが可能です」

その説明に目を少しだけ見開いたフランツは、少し考えてからまずはマリーアに視線を向けた。

「私は実技試験も兼ねるので良いと思うのだが、どうだろうか」

「わたしもそれでいいわよ。クルトと……あなたがいいなら」

マリーアがクルトとその父親に視線を向けると、父親が頭を下げる。

「申し遅れました。私は村長の息子でダミアンです。もちろん、私は依頼を受けていただけるのであれば構いません」

「皆を助けてくれるならいいぞ！」

ダミアンとクルトの言葉に、フランツとマリーアは感謝を伝えてから、受付嬢に視線を戻した。

「実技試験も兼ねることにする」

「かしこまりました。ではそちらの依頼票をいただけますか？」

そうして依頼受注と実技試験の受験手続きも済ませたところで、フランツたちは冒険者ギルドを後にした。

ギルドの外で、フランツはまずエルマーに視線を向ける。

「エルマー、こちらの話に付き合わせてしまったな。そして私たちは依頼を受けることになったので、調査の手伝いはここまでになる。すまないな」

その言葉に、エルマーは笑顔で両手を横に振った。

「そんなの気にしなくていいよ〜。また森の奥に行くときは、第二騎士団に頼んでみるから」

「そうだな、その方が良いだろう。今回は久しぶりに会えて楽しかった」

フランツが右手を差し出すと、エルマーはその手を両手で握り、ぶんぶんと激しく上下に振る。

「僕も楽しかったよ〜！　次に会ったときは一緒にご飯でも行こうね。あとは何かあったら、いつでも連絡して！」

「ああ、エルマーも気軽に連絡してくれ」

そうしてフランツと言葉を交わしたエルマーは、マリーアとも同じように挨拶をして、大きく手を振りながら街の雑踏に消えていった。

たくさんの荷物を肩に下げたシルエットが見えなくなったところで、フランツは切り替えるようにダミアンとクルトに視線を向ける。

「二人は、この街で宿などを取っているのか？」

その問いかけにダミアンが頷《うなず》いた。

「はい。ここから近い場所に取ってあります」

「そうか。ならば本日はここで別れるので構わないだろうか。明日の朝、冒険者ギルド前に集合としよう。馬車で来てほしい」

ダミアンとクルトは村の馬車でハイゼの街まで来たので、それに乗って村まで行くことになったのだ。

「分かりました。明日からよろしくお願いします」

「ああ、よろしく頼む」

「また明日ね」

そうしてフランツとマリーアはダミアン、クルトの二人と別れ、明日に備えて早めに宿に戻った。

次の日の早朝。ギルド前にはフランツとマリーア、そしてダミアンとクルト、さらに実技試験の試験員であるギルド職員がいた。

「皆様おはようございます。私は此度《こたび》の依頼に同行させていただきます、試験員のレオナと申します。今回はよろしくお願いいたします」

ギルド職員の制服をビシッと着こなして真面目に挨拶をしたのは、若い女性だ。茶髪を肩に付くあたりで切りそろえていて、女性らしいが引き締まった体形をしている。

レオナは書類を手にして真面目に仕事をこなす雰囲気だが……眼鏡の奥の瞳には、フランツを探るような、そんな怪しさが僅かに滲《にじ》んでいた。

しかしフランツは実技試験に胸を高鳴らせていたため、そんな怪しさには気づかず、レオナに声をかける。

「私はフランツだ。今回はよろしく頼む」

レオナに向けたフランツの表情は、楽しさが隠しきれていない子供のような笑みだ。

（やはり冒険者となったからには、実技試験は絶対に外せないイベントだ。試験員に実力を認められ、弟子としてもらえるように頑張らなければ！）

試験員が冒険者を弟子にするのは冒険小説の中だけであるが、そんなことを知らないフランツは、レオナに期待の眼差しを向けている。

そんなフランツに、レオナは少し困惑しているようだ。

「随分と、楽しそうですね」

「実技試験だからな！　あなたのことはレオナさんと呼んでも良いだろうか」

「もちろん構いませんが……」

フランツの少しズレた返答に、レオナは僅かに首を傾《かし》げて呟《つぶや》いた。

「普通は実技試験だからこそ、緊張するんじゃ」

その小さな呟きは誰の耳にも届かず、次にマリーアが苦笑しつつ口を開く。

「わたしはマリーアよ、今回はよろしくね。フランツはちょっとズレてるから気にしなくていいわ。冒険小説が好きなのよ」

「冒険小説が」

マリーアの言葉にレオナは僅かに目を見開くと、納得するように小さく頷いた。

「そうなのですね。今回はよろしくお願いします」

そうしてフランツとマリーアの二人に挨拶を済ませたところで、レオナはダミアンとクルトに視線を向ける。

「依頼主のお二人にはご不便をおかけしてしまうかもしれませんが、ご協力よろしくお願いいたします」

「はい。私たちとしては、依頼を受けてもらえれば大丈夫ですので」

「そうだぜ。というか早く村に行こう！」

クルトのその言葉で一同はさっそく馬車に乗り込むことになり、ダミアンが御者をして馬車はゆっくりと進み始めた。

ハイゼの街からクルトたちが住む村までは、馬車で半日ほどの距離だ。常緑の森とは反対方向に、山に向かって進んだところにある。

「そういえば、レオナさんは武器を持ってないみたいだけど大丈夫なの？」

馬車に揺られながらしばらく進んだところで、ふとマリーアがそんな問いかけをした。

するとレオナはギルド職員の制服であるタイトスカートを徐《おもむろ》に引き上げ、太ももを露出させる。

突然の行動に皆は驚いたが、すぐレオナが示した武器に視線が集まった。

「武器ならここに」

「それって、鞭《むち》？」

レオナの太ももにはポケット形のような分厚い革がぐるりと巻かれ、そこに鞭が収納されていたのだ。それも棘《とげ》がついた、見るからに痛そうな鞭である。

「はい。私は鞭を使います。生半可な魔物には負けませんのでご安心を」

「鞭をメイン武器にしてる人に、初めて会ったわ。でもなんでそんなところに……痛くないの？」

「肌には当たりませんので、全く痛みはないです。ここに仕舞《しま》っている理由は……少々事情があり、カバン等を持てないことがあるものですから」

棘がついた鞭を隠し持たなければいけない事情には、厄介な匂いしかしない。マリーア

もそれを感じ取ったのか、深く追及することなく口をつぐんだ。

そこでフランツが、気になることを問いかける。

「その鞭でどのように魔物を倒すのだ？　私は鞭という武器を使ったことがないので、とても新鮮だ」

その質問に、レオナは淡々と答えた。

「別に特別なことはございません。適度に離れた距離からじわじわと嬲《なぶ》り殺すか、鞭を巻きつけて木や地面などに打ち付けるかですね」

「ほう。ということは、鞭で持ち上がらない魔物は嬲り殺す方向になるのだな」

「そうなります。しかし鞭の先端に、実は小さな矢じりのようなものが付いていまして、それで目などを上手《うま》く突き刺すという方法も可能です」

「面白いな」

レオナの説明を聞きながらフランツはだんだんと鞭に顔を近づけていき、傍《はた》から見たらレオナの太ももを凝視しているような体勢になる。

そこでマリーアはハッと我に返り、フランツの頭を思いっきり叩《たた》いた。

「あんた、近づきすぎよ！　レオナさんも早くスカートを元に戻しなさい！」

「……別に鞭を見るぐらい構いませんよ？　減るものじゃありませんし」

「それは女性側が言うセリフじゃないわよ！」

「マリーア、暴行はいけないぞ。帝国法で……」

「あんたは暴行の前に、自分の行動がセクハラかどうかを考えなさい！」

マリーアは二人に連続で突っ込むと、肩を上下させながら疲れた表情を浮かべる。

そして何気ない様子で隣に座るクルトに視線を向けると、クルトが頬を赤くして居心地悪そうにしているのに気づき、咄嗟《とっさ》にクルトの目を自らの手で覆った。

「子供の教育にも悪いでしょ」

それからはレオナが鞭を取り出すことで落ち着き、フランツとレオナの鞭談義は続けられた。


馬車内で起きたちょっとした騒動以外に道中で問題はなく、一度だけ魔物討伐のために馬車を止めたのみで、一行は昼を少し過ぎた頃に村へと到着した。

その村は山の麓にある集落で、果樹畑が広がっているのが特徴的だ。

「このまま村長宅である、うちまで行きますね」

御者をしているダミアンが馬車内に声をかけ、馬車はそのまま止まることなく村に入った。

村の中心を通る道を進んでいくと、村人たちが次々と御者のダミアンに声を掛ける。

「ダミアン、街に行ってきたのかい？」

「そうだよ。警備隊は難しかったけど、信頼できる冒険者の方たちが依頼を受けてくれたんだ」

「やっぱり警備隊はダメだったか……」

「冒険者で解決できるかね？」

世間一般では底辺職として知られている冒険者なので、村人たちの不安は晴れないようだ。

「他にいなくなった子供は出てない？」

「それは大丈夫だよ。子供は全員、家からの外出禁止にしたからね」

「それにしても何が起きてるんだか」

「無事だといいけどね……」

村人たちにそんな声を掛けられながら進むこと五分ほどで、馬車はこの村の中では立派な建物の前に止まった。

「皆さん、ここがうちで、村長宅です」

ダミアンに声を掛けられ全員が馬車から降りると、馬車の音が聞こえたのか玄関が中から開かれた。

そこから出てきたのは、ダミアンとクルトにどこか似た壮年の男性だ。

「ダミアン、クルト、帰ったか！」

「父さん、今ちょうど帰ってきたところだよ」

「祖父《じい》ちゃん、強い冒険者が依頼を受けてくれたんだ！」

二人の言葉から、この男性が村長であると分かった。

村長はクルトの言葉に、僅かに複雑な表情を浮かべたが、すぐフランツたちに笑顔を見せる。

「皆さん、依頼の受注をありがとうございます。私はこの村の村長をしております、アーデルと申します。あれ、その格好はギルドの……」

レオナに気づいたアーデルが不思議そうに首を傾げると、レオナは綺麗《きれい》な礼をしてから口を開いた。

「はい、レオナと申します。今回の依頼は実技試験も兼ねることになりましたので、私が試験員として同行しております。できる限りご迷惑はお掛けしないように配慮いたしますので、よろしくお願いいたします」

レオナの丁寧な態度にアーデルは慌てて頭を下げ、それからフランツとマリーアも挨拶をする。

「私はフランツだ」

「わたしはマリーアよ。よろしくね」

全員が一通りの挨拶を済ませたところで、アーデルが玄関の扉を押さえながら笑顔で告げた。

「では皆さん、お疲れでしょうから中へ……」

その言葉を、フランツが遮る。

「いや、それには及ばない。それよりも、さっそく子供たちが消えたとされる現場に案内してほしいのだ。証拠はいつ失われるか分からないため、できる限り早くに調査をしておきたい」

真剣な表情でフランツが告げたその言葉に、アーデルだけでなくダミアンも驚いたように目を見開き、しかしすぐに二人とも表情を真剣なものに変えて頷《うなず》いた。

「確かにそうですな」

「では私が案内させていただきます」

そうしてダミアンの案内で、フランツとマリーアは子供たちがいなくなったと推測される場所に向かった。

レオナは二人の働きぶりを確認するため同行していて、クルトは危険だからと自宅で待機だ。

「この道をずっと進むと果樹畑がしばらく続き、そこを通り抜けるとすぐ森に入るのですが、子供たちは森の浅いところには自由に出入りをして遊んでいます。姿を消した日のミーアは、その森に遊びに行くと言っていました」

　そこで言葉を切ったダミアンは、沈痛な面持ちで森がある方向を見つめた。

「ふむ、森で姿を消したのか。他の子供も同様か？」

「ミーアと共に消えた女の子はもちろん同じで、他の二人のうち一人も森に行くと言っていたそうです。ただもう一人は、行き先を聞いた人がいなくて分かりません」

「分かった。一人は不明とのことだが、半数以上である三人が森で消えたとなると、今回の事件は森の浅い部分が現場だと仮定して良さそうだな」

　フランツはそう呟《つぶや》くと、顎に手を当てて真剣な表情で考え込んだ。

（森となると、犯人は魔物という可能性が高いが……）

「森の浅い部分に、普段は魔物が出るのか？　それから森の奥に村人が向かうことはあるか？」

「魔物はたまに山から降りてくるのか、姿を見せることがあります。ただここは不思議なことに、その数はかなり少ないんです。また森の奥には、村人が行くことはほとんどありません」

「動物を狩ったりはしないの？」

　マリーアの問いかけに、ダミアンは果樹畑に視線を向けながら頷く。

「この村は果樹を育てることで、結構豊かな暮らしが保てているんです。ハイゼの街も遠くないですし、わざわざ動物を狩らなくても、ハイゼから肉は購入できます」

「そうなのね」

（ということは、村人は森の中の様子をほとんど知らないということだ。そうなると何らかの組織が、森の中に潜伏している可能性も十分にあり得るな）

フランツがダミアンの話や村の様子から得た情報を使って犯人像を絞り込んでいると、果樹畑を抜けて森のすぐ近くに出た。

果樹畑から森までは数十メートルだけ人工的に整備されているが、その先はほとんど手付かずの森が広がっている。

「子供たちがいつも遊んでいるのはどの辺りだ？」

「本当にすぐそこです。整備されたところで遊んでいることもあれば、少しだけ森の中に入ることもあります。ただ森に入るとは言っても、歩いて数分ほどの場所までです」

「分かった。ではまず、その場所を調査しよう」

フランツはそう決めると、一直線に森へと向かった。

それにマリーアとレオナが続き、ダミアンが不安げな表情で、三人のことを少し離れた後ろから見つめている。

「マリーア、何かしらの痕跡があったら教えてくれ。できる限り複数の目で証拠を確認した方が良い」

「分かったわ。あんたも教えなさいよ」

「もちろんだ」

二人は顔を見合わせて頷き合うと、それぞれ森の細部に視線を向けた。魔物の痕跡がないか木の幹や地面の様子、さらには雑草など草木の様子をつぶさに観察する。

また子供の足跡など、人の痕跡にも注意を払った。

しばらく無言のまま調査が進み、沈黙を破ったのはフランツだ。

「犯人は、魔物ではないかもしれないな」

その言葉に、ダミアンがすぐに食いつく。

「本当ですか⁉」

「ああ、魔物が子供を襲ったとするなら、ここまで痕跡がないのはおかしい。もっと子供が抵抗した跡や血痕などが残っているはずだ」

「じゃあ、犯人は人間ってこと？」

マリーアの問いかけに、フランツは眉間に皺《しわ》を寄せて考え込む。

「その可能性の方が高いかもしれないが、いくら相手が子供だとしても、一人で複数人を攫《さら》うのはかなり難しいだろう。となるとやはり複数人、組織的な犯行が予想されるのだが……それにしては靴跡一つ見つからないのは不自然だ。大人の靴跡は体重が重い分、子供のものより残りやすいのだが」

今調べている場所には、全くと言っていいほど痕跡が残っていなくて、さらには痕跡を消したような跡もないのだ。

（ここまで痕跡がないとすると、ここが現場ではない可能性も考えるべきだな。または知り合いの犯行で、子供たちが抵抗せずに付いて行った可能性か……）

そこまで考えたフランツの視界に、ふと気になるものが映った。

それは見逃してしまうような小さな痕跡だが、気づくとかなり不自然なものだ。

「マリーア、これを見てくれ」

「……これは、樹液？」

フランツが指差したのは木の幹で、高さは大人の腰より少し上あたり。そこにあったのは、黄色っぽい半透明な樹液のようなものだった。

「いや、この木は樹液を出さない」

首を横に振ったフランツがしばらく観察してから指先でそっと触れると、その樹液のようなものは完全には固まっていないようで、フランツの指に付く。

「ちょっと、触って大丈夫なの？」

「この色合いと見た目、香りから推測して、触って有害である物質の可能性は極めて低いだろう」

「あんた、さすがね」

マリーアが呆《あき》れた表情を浮かべる中で、フランツはじっと指に付いたものを観察し、少ししてから結論を出した。

「これは、蜂蜜だな」

フランツが告げた思わぬ言葉に、マリーアは首を傾《かし》げる。

「蜂蜜？　何でこんなところにあるのよ。村では蜂蜜が食べられてたりするの？」

後ろにいたダミアンを振り返りながらマリーアが問いかけると、ダミアンはすぐ首を横に振った。

「蜂蜜は高級品ですし、村では食べないです。たまに街から買ってくることはあるかもしれませんが、かなり稀《まれ》な話だと思います」

「ということは、これは村人によるものではない可能性が高いな」

そう結論づけて真剣な表情で考え込むフランツに、マリーアは問いかける。

「これって重要な証拠なの？」

「ああ、犯人に繋《つな》がるものだと思う」

「蜂蜜が？　確かにここにあるのは不自然だけど」

こういう見逃してしまうような、些細《ささい》な違和感は大切なのだ。フランツは今までの経験で、それを身をもって知っていた。

（犯人に繋がる証拠だとすると、子供たちを油断させるために甘いもので釣ったということだろうか。しかし見知らぬ大人に甘いもので釣られるほど、子供の警戒心は低くないと思うのだが……）

フランツが蜂蜜という予想外な痕跡に頭を悩ませていると、突然ガサゴソッと、葉擦れの音が聞こえてきた。

それにフランツは一瞬で意識を切り替え、戦闘態勢をとる。

「皆、魔物が来る」

その言葉で一気に緊張感が場を包み込み、耳を澄ませた他の三人にも、葉擦れの音が聞こえたようだ。

「本当ね。ダミアン、レオナさん、二人は下がってて」

マリーアのその言葉に二人はすぐに下がり、レオナはさりげなくダミアンを守れる位置に立った。

「マリーア、援護を頼む」

「分かったわ」

フランツとマリーアはいつも通りに武器を構え、魔物の襲撃に備えた。

じっと魔物が顔を出すのを待っていると、少しして木々の間から巨大なツノが現れる。

「ホワイトディアだな」

ツノの形だけで魔物の種類を判断したフランツに、マリーアは呆れた表情で呟いた。

「いつものことながら、あんたの知識は凄《すご》いわね」

「ホワイトディアのツノは、色と形が特徴的だからな」

ホワイトディアとはツノも含めた全身が真っ白である鹿型の魔物で、強さはベテラン冒険者なら危なげなく倒せる程度だ。

毛皮はその綺麗《きれい》さから高値で取引され、ツノも装飾品として使われることが多い。

攻撃の種類は突進してきてツノを振り回すことによる打撃と、風魔法のみだ。

「私が倒しても良いか？」

「別にいいわよ」

マリーアが答えた瞬間、フランツは剣を抜いた。

そして軽い足取りでホワイトディアに近づいていくと、ツノの間合に入る直前で、軽く地面を蹴る。

すれ違いざまの一閃《いっせん》。フランツの剣は、ホワイトディアの首を容易《たやす》く切り落とした。

剣筋は誰にも見えないほどに速く、断面はまるで柔らかい果実を切ったときのように綺麗だ。

「弱い魔物で良かったな」

振り返って笑みを浮かべたフランツに、ダミアンは驚愕《きょうがく》に目を見開き、レオナは感心し何かに納得している様子で頷いていた。

「こ、こんなに強い冒険者が、いるのですね……」

「やはり素晴らしい実力です」

そんな二人をよそに、マリーアはフランツをビシッと指差す。

「フランツ、ホワイトディアはあんたにとって弱い魔物なの。そこを間違えないように」

その指摘にフランツが頷《うなず》いたところで、マリーアは地面にどさっと倒れ込んだホワイトディアの下に向かった。

「これ、このまま村に持ち帰るの？」

「そうだな。ホワイトディアの肉は癖がなく美味《おい》しいし、村で配れば良いだろう」

何気なく告げたフランツの言葉に、ダミアンが反応する。

「いいのですか？」

「ああ、私たちだけでは腐らせてしまうからな」

「解体は村でやってもいいかしら？」

「もちろん構いません」

そうしてホワイトディアをこのまま持ち帰ることが決定したところで、フランツたちは今日のところは村へと帰還することに決めた。

村に戻ったフランツたちは、村長宅でホワイトディアを含めた豪華な料理に舌鼓を打っていた。

　この村には宿がないということで、しばらく村長宅に宿泊することになったのだ。

　食事があらかた済んだところで、クルトが我慢できないというようにフランツに問いかけた。

「何か分かったことはあるのか？」

「一応少しの痕跡は見つけたが、まだ犯人を絞り込めるほどの情報はないな。そうだ、何か知っていることはないか？　例えば攫われた子供のちょっとした共通点やそれぞれの好きなものなど、一見役立たなそうな情報でも構わない」

　少しでも情報を増やしたいと、フランツが食卓につく皆に視線を向けながら問いかけると、村長であるアーデルが眉間に皺を寄せながら口を開く。

「この村の村長である私としては受け入れ難《にく》いのですが、実は村人で一人、犯人じゃないかと噂《うわさ》されている男がいます」

　犯人と噂されている男。

　その言葉を聞いたフランツは、一気に表情を険しいものに変えた。

「それは、あまり良くない状況だな」

　人口が少ない閉鎖的な村で事件が起きたとき、往々にしてその中の誰かが犯人じゃないかと疑われることがある。しかしそれは、日頃の行いや周囲との関係性から、明確な証拠はないのに疑われている場合がほとんどなのだ。

したがって噂が外れるどころか、村の雰囲気を著しく悪化させるだけの結果になることが多い。

「その男性に話を聞いたりはしたの？」

マリーアの問いかけに、アーデルは首を横に振った。

「いえ、それはできておりません。証拠もないですし、ただの憶測ですから……」

「賢明な判断だ。そういう噂に振り回されるのは良くない」

最悪の事態にはなっていないことに安堵《あんど》し、フランツは改めてその噂について考える。

（噂を一つの情報として扱うべきか、悩むところだな。しかし今回は情報が著しく少ないし、可能性が少しでもあるなら、全くその男を無視するというのも違うか……ここまでの調査をした現状では、身内の犯行の線が完全には消えていないのだから）

そこまで考えたフランツは、アーデルに視線を戻した。

「その男が疑われている理由はなんなのだ？」

「それは、怪しい行動が多いのだそうです。最近は一人で何度かコソコソと森に行っていたり、突然家の大掃除を始めたりとか」

「森と大掃除、それだけか？」

「いえ、それから……実はその男には妻と息子がいたのです。しかし妻が浮気をして、息子を連れて村を出ていってしまいまして。それ以来、他の家族を妬ましく思っているような言動を何度かしていて……」

男の悲しい過去を聞いたフランツはその情報を真剣に精査したが、マリーアは一気にその男に同情的な眼差《まなざ》しを浮かべる。

「それは辛《つら》いわね……」

「はい。数年前の出来事なのですが、しばらくは荒れていて。最近は落ち着いていたので安心していましたが、もし今回の犯人がその村人であれば、怒りを覚えると同時に悲しいことです」

アーデルが眉を下げて話を締《し》め括《くく》ったところで、フランツはその男に関しても一度調べてみようと決めた。

「その村人の名と住居を教えてくれるか？」

「分かりました」

ダミアンが準備した紙とペンでアーデルが情報を記す中、クルトがフランツに縋《すが》るような視線を向ける。

「兄ちゃん、早めに犯人を捕まえてくれ。ミーアは今も苦しんでるかもしれないから」

その言葉に、フランツはクルトの頭を強めに撫《な》でた。

「任せておけ。私は皆の幸せのために働く冒険者なのだからな。全力で捜索しよう」

クルトはその言葉に、少し頬を緩めた。

次の日の朝。フランツとマリーアは、昨日聞いた噂になっているという男性宅に向かった。レオナも試験員として、二人から少し離れたところを付いて歩いている。

「本当に犯人だと思ってるの？」

「現状ではどちらとも言えないな。ただ可能性を潰していくことは大切だ」

そんな話をしつつ辿《たど》り着《つ》いたのは、男が一人で暮らしているには大きい家だった。家族と暮らしていた家に、そのまま住んでいるのだろう。

フランツが扉をノックし、中に声を掛ける。

「突然すまない。少し話が聞きたいのだが、ここはギード殿の家で合っているか？」

その言葉から少しして、玄関の扉が静かに開いた。

「なんだ？」

顔を出したのは痩せた不健康そうな男だ。突然の訪問者に警戒しているのか、フランツとマリーアを睨《にら》むように瞳を鋭くしている。

「私たちはこの村で起きている子供の誘拐事件の調査をしているのだが、話を聞かせてもらいたい」

素直に告げたフランツに、マリーアが付け加えた。

「全部の家を回っているのよ。協力してもらえるとありがたいわ」

二人の言葉を聞いたギードは、しばらくして扉を大きく開ける。

「分かった。もてなしはできないが、それでも構わないなら入っていいぞ」

ギードの後ろに続く形で、フランツとマリーアが家の中に入った。

試験員であるレオナは依頼人以外が関わる場面では同席しないことも多く、今回は外で待機をする形だ。

玄関から入るとすぐの場所がリビングスペースとなっていて、ギードはそこに置かれた四人掛けのテーブルセットを示した。

「そこに座れ」

「分かった。ありがとう」

椅子に腰掛けてさりげなく家の様子を確認したフランツは、全く生活感のない室内の様子に違和感を覚える。

（物を持たない主義にしても、あまりにも物がなさすぎるな。ここで生活をしていないのか、あえてこのような殺風景を作り出しているのか）

そんなことを考えているうちに、ギードが口を開いた。

「それで、俺から何を聞きたいんだ？　俺は何も知らねぇぞ」

「聞きたいのは形式的な質問だ。子供の行方や犯人などに心当たりがあるのかを聞かせてほしい。また普段と違う村の違和感など、気になったことはなんでも話してくれ」

その言葉に頭を掻《か》きながら視線を逸《そ》らしたギードは、困ったように口を開く。

「そう言われてもなぁ。俺は村の人たちとあんまり関わってないし、子供たちだって辛うじて顔が分かるぐらいなんだ」

「そうか。違和感などもないか？」

「うーん、思いつかねぇな」

ギードがそう言い切ったところで、フランツは椅子から立ち上がって軽く頭を下げた。

「分かった、協力感謝する。……そうだ、最後に一つだけ聞いても良いか？　この家はかなり物が少ないようだが、何か理由でもあるのだろうか」

世間話を振るように何気なく告げたフランツに、ギードも椅子から立ち上がり、迷うようなそぶりを見せる。

家の中をチラッと見回して、それからフランツとマリーアの服装に視線を向けた。

「……あんたたちは冒険者か？」

「そうだ」

フランツが頷いた瞬間、ギードの二人に対して作っていた壁のようなものが、少し薄れたのを感じられる。

「そうか。それなら、そうだな……ちょっと話を聞いてくれないか？」

「もちろん構わない」

すぐ椅子に腰掛け直したフランツに、立ち上がっていたマリーアとギードも再び腰を下ろした。

そしてギードは、まだ少し躊躇《ためら》いながらも口を開く。

「実は俺……この村を出ることにしたんだ。それで冒険者になる。ここにいると、妻が子供を連れて出ていった嫌な思い出に、一生付《つ》き纏《まと》われるからな。それならまだ、底辺職に落ちた方がマシだ」

自嘲気味にそう告げたギードに、フランツは首を傾《かし》げながら告げた。

「ん？　何を勘違いしているのだ？」

フランツの勘違いという言葉に、次に首を傾げたのはギードだ。

「勘違いって何をだ？」

「冒険者が底辺職という点だ。冒険者は素晴らしき職業だろう？　そんな冒険者を目指すということは、これからの人生は最高なものとなるに違いない」

自信満々に一点の曇りもない眼差しでフランツが告げると、ギードは困惑するように視線を彷徨《さまよ》わせた。

「そ、そうなのか……？　俺がおかしい、のか？」

後半の言葉を誰にも聞こえないほどの声量で口の中で転がしたギードに、フランツは爽やかな笑顔で頷く。

「もちろんだ。私は今まで多数の冒険者と接してきたが、とても素晴らしき者たちばかりだった」

普段のギードならば、この言葉をすぐに信じることはなかったのだろう。しかし目の前に、冒険者でありながら貴族社会でさえ際立って容姿が良いフランツと、冒険者としては珍しく美人で若いマリーアがいる。

二人に視線を向けたギードは、じっと二人のことを見つめ続け……少しだけ身を乗り出した。

「俺は、冒険者を誤解していたのか……？」

「そうだろう。どこで知識を得たのかは知らないが、情報源の信頼性は確認しなければいけないぞ」

「そうだな……世間の噂なんて、当てにならねぇんだな」

「ああ、噂などという不確かなものに惑わされてはいけない」

ギードが瞳を輝かせ始めたのを見て、フランツは満足そうな笑みを浮かべると少し話を変える。

「森に行っているというのは、鍛錬をしているのか？　他の村人から話を聞いた」

「まさか見られてたのか……そうだ。妻に逃げられた上に、冒険者になるなんてこと知られたくなくて、森でこっそり鍛錬してた。でも隠れる必要なんてなかったんだな」

「その通りだ。堂々とすれば良い。ギードは冒険者という、皆を守る素晴らしき職業を目指しているのだからな！」

力強いフランツの言葉を聞いて、ギードはついに瞳を輝かせながら立ち上がった。

「お、おう！　俺は強くなって魔物を倒して、皆を守るんだ！」

「その意気だ。冒険者となれば良き先輩たちがたくさんいる。すぐにギードも仕事に慣れるだろう。……そうだ、知り合いに尊敬できる冒険者が二人いるので教えておこう。ハイゼの街にいるのだ」

「それはありがたい。俺はハイゼで活動しようと思ってたんだ」

「ならばちょうど良いな。名前はアルフとリンという」

フランツによって良い方向に人生が変わった冒険者二人と、フランツによって冒険者フィルターが掛かったギードの出会いが決定した瞬間である。

「なんか、色々とありがとな。俺は強くて最高の冒険者になるぜ！」

「応援しているぞ。そして私もギードに負けないよう、これからも冒険者として精進していく」

熱血師匠と弟子のように拳をぶつけ合った二人に、マリーアは呆《あき》れた瞳を向けていた。

「フランツって、なんかこう、凄《すご》いわよね……」

マリーアの呟《つぶや》きは二人の耳には届かず、二人は同じように瞳を輝かせながら冒険者について語り合う。

そんな二人の話を遮るように、マリーアはパンッと手を一度だけ叩《たた》いた。

「はい、話はそこまでにしなさい」

「マリーア、今とても良いところなのだが」

「あんたは仕事中でしょ！　そんなことをしてる暇はないの。ギードさんは協力ありがとう」

「ああ、そういえば事件の話で来たんだったな。子供が突然いなくなるのは本当に辛いことだ。どうか見つけてあげてくれ」

沈痛な面持ちで告げたギードに、フランツは爽やかな、しかし真剣な表情で頷《うなず》いた。

「私に任せておけ」


ギードの家を出た二人は、レオナと合流してまた森に向かいながら話をしていた。

「今回はギードが自分から話してくれたから良かったけど、話を聞けなかったらどうしてたのよ。あんた、なんの情報も得られてないうちに帰ろうとしてたでしょ？」

マリーアが告げた言葉に、フランツはなぜそんな質問をされるのか分からず、僅かに首を傾げながらマリーアに視線を向ける。

「どういうことだ？　情報は家に入ったところで十分に得られていたし、特にギード本人からの話は必要なかっただろう？」

「……どういうこと？」

「あの程度の大きさの建物ならば、中に入れば人がいるのかどうかは気配で分かる。あの家にはギードしかいなかったので、少なくともギードがあそこに子供たちを監禁等していることはないと分かった。であれば、もうあそこにいる意味はないだろう？　たとえギードが犯人だったとしても、その場に証拠がないのに素直に話をするはずがないのだから」

フランツの言葉を聞いたマリーアは、呆れた表情でフランツにジトッとした視線を向けた。

「分かったわ。改めてよ〜く分かった。あんたが規格外なんだってことが」

「いや、この程度は誰でも鍛錬次第で……」

「できないわよ！　あのねフランツ、普通の人は気配なんかで人がいるかいないか判断できないの！」

マリーアの叫びに、少し離れた場所にいたレオナが何度か頷く。するとそれが目に入ったのか、マリーアはレオナに同意を求めた。

「分かってくれる？」

「はい。フランツさんは特別ですからね」

「そうよね！　フランツ、それをもっと自覚しなさい！」

「自覚しているはずなのだが……」

フランツは自分が恵まれているということは理解しているのだが、やはりそれでも他の者たちに対する評価が高いのだ。周囲がエリートばかりだった弊害である。

（しかし気配が分からなければ、どうやって死角から攻めてきた敵を斬り伏せるのだ？）

フランツはそう疑問に思ったが、それを口に出さないだけの空気を読む力はあった。

「そういえばレオナさん、私たちの試験はどうなのだ？　順調だろうか」

話を変えるためにレオナに問いかけると、レオナからは思わぬ言葉が返ってくる。

「順調というよりも、お二人の実技試験はすでに合格です」

その言葉を聞いて、フランツとマリーアは珍しく同時に目を見開いた。

「さすがに早くないだろうか」

「そ、そんなに適当でいいの⁉」

「適当ではございません。道中や村に着いてからの動きを総合的に判断し、十分合格点に達していることを確認しております」

レオナに改めてはっきりと告げられ、合格という事実を受け入れたフランツとマリーアは、顔を見合わせてハイタッチをする。

「やったわね」

「そうだな。少し驚いたが、合格は素直に嬉《うれ》しい」

そうして二人が互いを讃《たた》え合っている中、レオナは誰にも聞こえない声量でポツリと呟いた。

「そもそも落とすなんて、あり得ませんから……」

レオナからすでに実技試験は合格だと伝えられた二人は、とは言ってもまだ依頼を達成していないので、予定通り森に向かって足を進めた。

「それで、なんでまた森に向かうの？　ギードを監視したりするのもありじゃない？」

「いや、先ほど話を聞いた限り、ギードが犯人である可能性はかなり低いだろう。したがって、もう少し現場を調査する方が優先事項だ」

「確かにそうね……噂《うわさ》の行動は全て引っ越しと冒険者になるためのものだったし、そうなると仲のいい家族を妬んでたことぐらいしか疑う理由はないわ」

マリーアの言葉にフランツは頷き、捜査が振り出しに戻ったということで、真剣な表情を浮かべながらまだ遠くに見える森を見据えた。

森に着いたところで、フランツを先頭にして三人で足を踏み入れる。フランツが向かうのは、昨日蜂蜜を見つけた場所だ。

「この周辺に他の痕跡がないかを確認したい」

「分かったわ。それにしても蜂蜜なんて、よく分からない痕跡よね」

マリーアは慎重に草木を掻《か》き分け、フランツは周辺の気配に意識を傾ける。レオナはそんな二人の様子を眺めつつ、もう試験員の仕事はあらかた終わっているからか、痕跡を探すため森に視線を向けていた。

「子供たちが魔物に襲われた可能性は低いのよね」

「もちろん絶対にないとは言えないが、それにしては痕跡がなさすぎるな」

「人だったとしたら、犯人像は思い浮かんでるの？」

「まだ曖昧だが、子供たちに近しい者で単独、または少数犯の可能性が高いだろうと思っている。そうでなければ、ここまで痕跡を残さないというのは難しい。子供たちに警戒されない人物が犯人で、子供たちが自ら付いていったと――」

そこでフランツは言葉を途切れさせ、森の奥にじっと視線を向ける。

（何かがいるな……これは人か？）

感覚を研ぎ澄ませ、僅かに捉えたものに意識を集中させた。

「フランツ？」

突然黙り込んだフランツにマリーアが呼びかけたが、フランツは唇に人差し指をそっと当てると、マリーアとレオナにここで待つよう指示を出す。

二人が頷いたところで、一切の足音も響かせずに素早い動きで森の奥に向かった。

フランツが何かの気配を感じ取った場所までは、数百メートルだ。

その距離を気配を殺しながら慎重に近づき、人影らしきものが見えた瞬間。フランツは剣を抜いて声を張った。

怪しい人物に逃げられないよう、後方を土壁で塞ぐのも忘れない。

「こんなところで何をしている！」

フランツのその言葉にビクッと体を揺らしたのは――。

十歳程度に見える、気弱そうな少年だった。

フードを深く被《かぶ》っているためハッキリとは見えないが、瞳からは涙が溢《こぼ》れそうになっているのが分かる。

（なぜこんなところに子供がいるのだ？　もしや、この子は行方不明になっている村の子供か？）

相手が怪しい人物ではないと分かったところで、フランツは笑みを浮かべた。

「剣を向けて申し訳ない。誘拐犯から逃げてきたのか？　君の名前を教えてほしい」

「ひっ……っ……」

剣を鞘《さや》に収めてから一歩だけ近づくが、少年は引《ひ》き攣《つ》った声を上げると後退《あとずさ》る。フランツのことを明らかに怖がっているようだ。

「私は君を害する者ではない。犯人たちの居場所を……」

そこまで告げたところで、フランツの瞳に少年の手の中にあるものが映った。

それは、瓶の中に入った蜂蜜漬けの果物だ。

(蜂蜜は、この子が持っていたのか？　しかし村で蜂蜜は食べないと……それに犯人に奪われていないのもおかしい)

得た情報をどう整理したら良いか分からず、フランツが悩んでいると、ざぁぁっと木々が大きく揺れるような風が吹いた。

それによって少年のフードが脱げ、フランツの目に衝撃的な光景が映る。

それは茶色い毛で覆われた、二つの丸い耳だった。その耳は人間のように頭の横にあるのではなく、頭上に付いている。

(まさかこの少年、獣人か!?)

「あっ、や、フ……ッ」

獣人らしき耳をした少年はフードが脱げてしまったことで激しく狼狽《うろた》えると、手に持っていた瓶を地面に落としてしまったが、それを拾う余裕もなく、必死にフードをギュッと摑《つか》んだ。

地面に落ちた瓶からは蓋が外れ、中身が少しずつ流れ出ていく。

「あっ、蜂蜜が……」

瓶から流れ出る蜂蜜を泣きそうな表情で見つめた少年は、色々なことが一気に起きて処理しきれなかったのか、その場に蹲《うずくま》ってしまった。

そんな少年の様子を見て危険はないと判断したフランツは、まずは落ちた瓶を拾い上げる。幸い中身はまだほとんど溢れていなかったので、蓋をして少年に差し出した。

「まだ問題なく食べられるだろう」

「あ、ありがとう、ございます……」

フランツの行動が予想外だったのか、少年は目を見開きながらフランツを見上げる。

しかし次にフランツが告げた言葉に、表情を硬くした。

「君は、村の子供たちの失踪に関わっているのか？」

しばらく固まり、蜂蜜の入った瓶をギュッと握りしめていた少年は、しばらくして泣きながら頭を下げる。

「……ご、ごめんなさいっ、ごめんなさい！　本当に、ごめんなさいっ」

何度も謝る少年に、フランツは真剣な表情で手を伸ばし、少年の肩に手を置いた。

少年はビクッと体を震わせたが、少ししてゆっくりと顔を上げる。

また目が合ったところで、フランツはもう一度問いかけた。

「君は、子供たちの失踪に関わっているのだな？」

その言葉に、少年は唇を引き結びながらこくりと頷く。それを確認したフランツがまた口を開こうとした時、二人の下にマリーアとレオナがやってきた。

「フランツ、何がいた……って、子供を助けたの⁉」

て入る。

二人の下に駆け寄ったマリーアは泣いている少年に気づき、フランツと少年の間に割っ
「ちょっとフランツ、泣かせちゃダメじゃない！」

「違う、マリーア。この子は被害者じゃない」

「え、じゃあ何でここに……」

「加害者側で、今回の事件に関わっているそうだ」

フランツのその言葉にマリーアは目を見開き、少し後ろで待機していたレオナも驚きを隠せない様子だった。

「そ、それは、本当なの？」

「ああ、今から話を聞くところだ。まずは君の名前を聞いても良いか？」

「は、はいっ。僕の名前は、ハニールカです」

まだあどけなさの残る高い声でハニールカと名乗った少年は、唇をギュッと噛《か》み締《し》めながらその場に立ち上がる。

「子供たちを攫《さら》った犯人を知っているのか？　それともハニールカ、君が犯人なのか？」

「……ぼ、僕が、犯人です」

「犯人って、こんな子供が犯人なの？　そんなの信じられないわよ。そもそも何で森の中に子供が一人で……」

マリーアが困惑の言葉を紡いだところで、ハニールカは震えながらも覚悟を決めた様子でフードを脱いだ。

「僕は……獣人、なんです。山の上に、集落があります」

獣人とは国によっては交流があることもあるが、基本的には山や森の中に住んでいて、人間とはあまり関わらない種族だ。

帝国でも獣人の存在は確認されていても、普通に暮らしていたら一度も出会うことはないのが普通だった。

そんな獣人が目の前にいるという事実に、皆驚きを隠せない。フランツでさえ、かなり驚いていた。

「何で獣人の子供が、村の子供を……」

マリーアの独り言のような呟《つぶや》きに、ハニールカは眉を下げて泣きそうになりながら口を開く。

「僕、友達が欲しくて……本当に、本当にごめんなさい。皆の家族が心配することは、分かってたのにっ」

「子供たちは無事なのか？」

「それはもちろん、です」

「では子供たちのところへ案内してほしい。私たちは子供たちを探す依頼を受けた冒険者なのだ」

まずは子供たちの安全をと思い、冒険者カードを見せながら案内を頼むと、ハニールカはチラッとカードを確認し、すぐにこくりと頷《うなず》いた。

山を登る方向に森の中を進み、三十分ほど歩いたところで立ち止まる。

「あ、あの洞窟に……」

ハニールカが指差したのは、大人がやっと通れるほどに見える、何の変哲もない洞窟の入り口だった。

「中に君以外の獣人は？」

「いません。集落はもう少し上にあって、ここは僕が作った逃げ場だから……」

「そうか、では中に入らせてもらう」

フランツが先頭で最大限の注意を払いながら洞窟内に入ると、そこは入り口から想像できないほどに広い空間だった。

大人でも余裕で立ち上がることができ、ジャンプをしても天井には手が届かないほどの広さだ。

さらに心地よさそうな絨毯《じゅうたん》が敷かれ、テーブルや椅子が設置してあり、その上には美味《おい》しそうなスイーツがたくさん載っていた。

そしてそのテーブルの周辺には、行方不明になっていた子供たちが、どこか不安そうに座っている。

「だ、誰……っ」

子供たちは見知らぬ大人であるフランツが入ってきたことで、警戒をあらわにした。そんな子供たちに、フランツは笑顔で声をかける。

「大丈夫だ、心配いらない。私はアーデル村長、ダミアン、クルトから依頼を受け、皆の捜索をしていた冒険者だ」

フランツが三人の名前を出したことで、子供たちの警戒心が一気に下がった。

「お祖父《じい》ちゃんと、お父さんと、お兄ちゃん、私を探してるの？」

そう問いかけた女の子は、クルトの妹であるミーアだろう。

「ああ、凄《すご》く心配していた。君はミーアか？」

「う、うんっ……皆に、会いたいよ～っ」

そう言って泣き出してしまったミーアに、フランツに続いて洞窟に入ってきていたマリーアが手を伸ばし、背中を優しく摩《さす》って声を掛けた。

「すぐに会えるから大丈夫よ」

他の皆もミーアに釣られて泣き始めたところで、洞窟の入り口で立ち止まっていたハニールカが、ズボンをぎゅっと強く握りしめながら口を開く。

「み、皆、ごめん、ごめんなさい……っ」

大きな瞳から涙をボロボロ溢して何度も謝罪を口にするハニールカに、子供たちは泣くのをやめてハニールカに近づいた。

「ルカくん、泣かないで」

「でも……僕のせいで、皆に悲しい思いをさせちゃったから。家族と引き離して、ごめん。本当にごめん。皆が帰りたいって……っ、思ってるの、分かってたんだ。でももう少し一緒にいたくて、村までの道を教えなかった……っ」

それだけ言うと、血が出るほどに強く唇を引き結んで静かに涙を溢すハニールカに、子供たちは励ますように手を伸ばす。

「べ、別に俺たちなら大丈夫だ」

「そうだな。美味しいもん、たくさんもらったもんな！」

「わ、私も、家族に会えないのはちょっと寂しかったけど、ルカくんと遊ぶのは楽しかったよ？」

「私も！」

子供たちの声掛けに、ハニールカはさらに激しく泣き出してしまう。

それにどうすれば良いのかと子供たちが困惑していると、フランツが子供たちに近づき声を掛けた。

「私は今回の事の詳細をまだ聞いていないのだが、説明してもらえるだろうか。ハニールカ、君はなぜこんなことをしたのか。そしてどのように実行したのか。子供たちにはここに来るまでの経緯と、ここでの生活について聞きたい」
フランツの冷静な言葉に少しだけ落ち着いたのか、ハニールカは涙を拭いながらこくりと頷く。

椅子が足りないので皆で絨毯に直接座り込み、全員がハニールカに視線を向けた。

「全部、話します。――まず僕は獣人だけど、それにしては能力が低くて、他の獣人の子たちには全くついていけませんでした。お父さんとお母さんも小さな頃に死んじゃって、友達もいなくて、集落にいても寂しくて。それでこの洞窟をこっそり作り、いつも一人でいたんです」

そう話すハニールカの表情は、とても寂しげだ。

「ここでは僕が好きな甘いおやつを作ったりして、それなりに楽しく過ごしてました。でもある時、森でいつもより遠くに行っちゃったんです。そしたらミーアたちに出会って、偶然持ってた果物の蜂蜜漬けをあげたら喜んで食べてくれて、洞窟に来てくれました」

ハニールカはチラッとミーアとその友達である女の子に視線を向けると、すぐにまた俯《うつむ》いてしまった。

「ミーアたちは僕と身体能力が同じぐらいだから、一緒に遊ぶのが楽しくて、つい村に帰ってほしくないと思っちゃって……」

「それで村までの帰り道を教えずに、ずっと洞窟に引き留めていたのね」

「……はい。そして他の子とも遊びたいと思って、またミーアたちと会った場所に」

マリーアの言葉に頷き、そのまま俯きがちに説明を続けたハニールカは、ギュッと唇を噛みながら拳を固く握りしめると、もう一度頭を下げた。

「本当に、本当にごめんなさい」

そこでしばらく黙って話を聞いていたフランツが、行方不明となっていた四人の子供たちに視線を向ける。

「ハニールカの話は合っているか？」

「う、うん。ルカくんに美味しいものをもらって、一緒に遊ぼうと思って洞窟まで付いてきたの」

「……だから、だからルカくんは悪くないよ！」

「ルカは、どうなるんだ？」

ハニールカは悪くないと首を横に振りながら訴える女の子の後に、男の子が恐る恐る問いかけた。

フランツは、誤魔化《ごまか》すことなくハッキリと告げる。

「理由が何であれ、四人の子供たちを攫い、この洞窟に軟禁したのは事実だ。この事実はそのまま村長へと報告する」

「じゃあルカ、捕まっちゃうのか？」

「そんなのダメ！」

複雑な状況にマリーアは眉間に皺《しわ》を寄せながら、フランツに問いかけた。

「被害者がこう言ってるんだし、どうにかならないの？」

「私ではどうすることもできない。事実は曲げられないからな」

フランツは騎士団長という立場としても、自らの信条としても、罪を隠すなんてことはできないのだ。

（罪は罪だ。どんな理由や背景、そして被害者または加害者の感情があったとしても、それは罪を無かったことにする理由にはならない）

そう考えるが、フランツの眉間には深い皺が刻まれていた。

（今回の件は、あまり重い罪とならなければ良いが……いや、私がこんなことを考えていてはダメだ。誰もが平等に罰を受けるのが鉄則なのだから）

フランツは軽く頭を振って思考を切り替えると、皆に告げる。

「とにかく、一度村に戻ろう。ハニールカ、君にも村に来てもらう」

「は、はい……」

そうしてフランツとマリーア、レオナに加え、行方不明となっていた四人の子供たち、そして子供たちの失踪の原因であるハニールカは、洞窟を出て村に向かった。

一行はひたすら無言で森の中を進み、魔物には遭遇せず果樹畑近くまで山を下りた。

果樹畑の間を通る村に続く道を進んでいくと、何人かの村人がミーアたちに気づく。

「こ、子供たちが帰ってきたぞ!!」

一人の男性が声を張ると、近くにいた村人たちがフランツたちの下に駆け寄り、さらに他の者にも知らせるために声を張った。

そうしてほんの少しの間に、フランツたちは大勢の村人に囲まれることになる。

そんな騒ぎの中に慌ててやってきたのは、村長であるアーデルと、その息子と孫であるダミアン、クルトだ。

「子供たちが帰ってきたというのは本当か!?」

「村長！　こっちだぜ！」

「ミーアちゃんもいるわよ！」

アーデルたちのために村人は道を空け、人だかりの中心にいたフランツたちの下に駆け寄った。

「ミーア！　無事だったか！」

「お祖父ちゃん！　お父さんとお兄ちゃんも……っ」

ミーアは家族に会えたことで安心したからか、泣きながら三人に駆け寄る。父親であるダミアンに抱きつき、ミーアの頭を撫《な》でるアーデルとクルトに笑いかけた。

他の子供たちの家族も続々と集まり、その場は歓喜に包まれる。

そんな中でハニールカは、家族の再会を羨ましそうな悲しげな表情で見つめながら、手が真っ白になるほどキツく拳を握りしめていた。

「フランツさん、マリーアさん、本当にありがとうございます」

一通り無事を喜び合ったところで、アーデルがフランツたちに声をかける。すると集まっていた他の村人たちも、フランツたちの話を聞くために静かになった。

村人たちの瞳には、フランツとマリーアへの感謝と尊敬の念が浮かんでいる。

「子供たちが無事で良かった」

「はい、本当に良かったです。それで……犯人は捕まえたのでしょうか？　それからその子は村の子供ではないと思うのですが、一緒に捕らえられていたのですか？」

ハニールカのことを心配するような眼差《まなざ》しで告げられた村長の言葉に、ハニールカはビクッと体を震わせた。

フランツはそんなハニールカに一瞬だけ視線を向けると、よく通る声で告げる。

「この者はハニールカと言う。今回の事件の犯人だ」

「は、犯人……？」

「どういうことだ？」

「ミーアたちと同い年か、少し上ぐらいだろ？」

村人たちから困惑の声が上がる中、フランツは事実を余すところなく伝えるため、真剣な表情で口を開いた。

フランツの話を最後まで聞いた村人たちの反応は、いくつかに分かれていた。

とにかく困惑して状況を飲み込めない者、子供でも誘拐犯には違いないと怒りなど負の感情をあらわにする者、そして獣人という未知の存在を恐れる者。

アーデルは、困惑していて上手《うま》く言葉を継げないようだった。そこでダミアンが慎重に口を開く。

「これから、どうすれば良いのでしょうか。まさか子供が犯人だとは考えていなくて……」

しかしダミアンもそこで言葉を途切れさせ、それをフランツが引き取った。

「今後はハニールカを誘拐と軟禁容疑として、ハイゼ警備隊に引き渡すことになる。その後でどのような沙汰が下されるのかは、私には確実なことは言えない」

フランツの言葉を最後に場が沈黙に包まれる中、ハニールカが震える声を発した。

瞳に涙を溜《た》め、しかしそれを流さないように唇を噛《か》み締《し》め、必死に言葉を紡ぐ。

「ほ、本当、に、ごめんなさい……ご、ごめんなさい。ごめんなさい……」

何度も何度も謝罪の言葉を口にして頭を下げるハニールカに、先ほどまでハニールカに対して様々な感情を抱いていた村人たちも、一様に眉を下げた。

中にはハニールカの気持ちに同調しているのか、悲しげな表情を浮かべた者もいる。

しかし誰も口は開かず、ハニールカの謝罪の言葉以外では痛いほどの沈黙が場を満たしていたその時、ミーアが動いた。

「ル、ルカくんは悪くないの！」

村人たちからハニールカを守るように両手を広げ、必死にそう告げる。すると共にハニールカと数日を過ごした子供たちも、すぐミーアに続いた。

「そ、そうだ。俺たちはルカと遊んでただけなんだ！　な、そうだよな？」

「お、おう。その通りだ。楽しかったぞ」

「美味《おい》しいもの、たくさんもらったよ？」

村に戻ってまで子供たちがハニールカを庇《かば》ったことに、ハニールカはかなり驚いたようで、目を見開いて子供たちの後ろ姿を凝視している。

するとミーアがハニールカを振り返り、笑顔で言った。

「ね、ルカくん、私たちもう友達だもんね！」

「……ぼ、僕は」

「友達じゃないなんて言ったら泣くからな！」

「そうだぞ。もう友達だって約束しただろ」

「一緒に美味しいものを食べたら、もう友達なんだよ？」

首を横に振ろうとしていたハニールカは子供たちに言葉を重ねられ、完全に動きを止めてしまう。しかし驚きから涙が引っ込んでいた大きな瞳にはまた次第に涙が浮かんできて、とめどなく流れ始めた。

「う、嬉《うれ》しい……ありがとうっ、ぼ、僕が、友達で、いいの？」

「うん！」

ハニールカの言葉に四人の子供たちは満面の笑みで頷《うなず》き、泣いているハニールカの近くに集まる。

そんな子供たちの様子を見ていた村人たちは、誰もが優しげに表情を緩めていた。

アーデルはそんな村人たちの様子を確認し、優しい笑みを浮かべて口を開く。

「フランツさん、マリーアさん、この度は必死に捜索をしていただいたのに、子供たちが友人と森の奥で遊んでいただけだったようで、ご迷惑をおかけして申し訳ございません。子供たちにはしっかりと行き先は教えるように、そして夜には戻るようにと言い聞かせておきます」

アーデルのその言葉を聞いたフランツは、少しだけ悩んでから頬を緩めて頷いた。

「そうだな、遊びに夢中になるのは仕方ないが、安全確保の重要性はしっかりと説くべきだろう。しかし私たちへの謝罪は必要ない。対価を得ている仕事なのだからな。子供たちが無事で、本当に良かった」

「はい、本当に良かったです。今回はありがとうございました」

誰もがその会話の意味を理解して、頬を緩めながらハニールカと子供たちに視線を向けている。

そんな中でマリーアがフランツの隣に移動し、視線は子供たちに向けたまま問いかけた。

「良かったの？　罪を見逃すなんて、あんたの信条に反するんじゃない？」

「……今回は犯罪者がいないのだから、仕方がないだろう？　存在しない事件を立証したら、私が法に反することになる」

楽しそうに笑い合う子供たちに優しい眼差しを向けるフランツに、マリーアは嬉しげに頬を緩ませる。

「そうね」

それからハニールカが村人たちの温情に深く感謝し何度も頭を下げ、一人で山に戻っていこうとしたところで、ミーアがハニールカの腕を引いた。

「ルカくん、これからも一緒に遊ぼうね！」

「……いいのかな。獣人の僕が人間の村に来て」

困惑の表情を浮かべるハニールカに、村長のアーデルが問いかける。

「君は集落に暮らしているんだったかな」

「は、はい。集落と洞窟を行ったり来たりしてて……」

「では集落の一員として認識されているんだね」

「多分、そうだと思います」

「それなら一度、その集落の代表者と話ができないだろうか。さすがに何の連絡もせず、君がこの村へ出入りをするというのは避けた方が良いと思うんだ。君はまだ子供なのだからね」

アーデルの言葉にハニールカは戸惑い、言葉を選ぶようにしながら口を開いた。

「えっと……集落の長《おさ》は、います。でも今まで人間が集落に来たことはなくて、集落の皆も山を下りることはなくて、話ができるのかは、分からないです」

「そうか、君が長に提案してみることはできるかい？」

「ぼ、僕は……難しい、です」

小さな声で呟《つぶや》かれたハニールカの言葉は、この場に集まる皆の耳に辛うじて届く。

獣人の集落に馴染《なじ》めず、一人で洞窟にいるハニールカが、長に提案できないのも仕方がないことだと、皆は別の方法を考えた。

しばらくして、アーデルが何かを決意したように告げる。

「直接、私が集落に赴こう。君に集落までの道案内はできるかな」

「え!?　案内は、もちろんできますが……集落の皆がどんな反応をするかは、分からないです」

「危険があるということかい？」

「いえ！　僕が馴染めないだけで、優しい人ばかりだと思います。でも人間にどんな反応をするのかは、全く分からなくて」

視線を下げながらハニールカが告げた言葉に、アーデルは眉間に皺《しわ》を寄せる。

「こちらから集落へ向かうのは無謀か……」

その呟きとほぼ同時に、フランツがよく通る声で言った。

「では、私が集落まで同行しよう」

突然の同行表明に、全員の視線がフランツに集まる。

「獣人たちは基本的に身体能力が高く、ほとんどの者が人間にとっては高水準の武力を持つと聞く。さすがにこちら側に戦力がいなければ心許《こころもと》ないだろう？」

フランツとしては当たり前の提案だったが、アーデルは眉を下げた。

「それは、とてもありがたいのですが……依頼の範囲外ではないでしょうか。追加の報酬をお支払いするのは難しく……」

獣人の集落という未知の場所に、冒険者が善意で同行するとは思わないだろう。アーデルの尤《もっと》もな心配に、フランツは首を横に振る。

「いや、追加の報酬は必要ない。そしてハニールカの孤独が解消されて初めて、今回の依頼の原因が取り除かれたと言えるだろう。したがって、集落への同行も依頼の範囲内と言える。それに獣人の集落には興味があったのだ。ぜひ同行させてほしい」

最後にフランツの本音が少しだけ漏れ、それを聞いたアーデルは頬を緩めた。

「ありがとうございます。ではよろしくお願いします」

そうしてフランツが同行する形での、獣人の集落への訪問が決まった。

(何度か獣人と交流ができないかと考えたことがあったが、知り合いの一人もいない状況ではさすがに実現していなかった。これは良い機会だ)

フランツは冒険者というよりも騎士団長として、この機会を活用しようと考えている。

「では私を含めた少人数で集落へ向かおう。ハニールカ、集落に警備の者はいるか？」

「はいっ、います」

「ではその者に、私たちの説明はできるだろうか」

「それぐらいなら、が、頑張ります」

拳を握りしめてハニールカが頷いたところで、フランツは口角を上げた。

「頼んだぞ。集落に向かうのは私とアーデル、ハニールカ、それからマリーアも来てくれるか？」

「もちろんよ。あんた一人じゃ心配だもの」

マリーアが何気なく告げたのだろう言葉に、フランツは少し引っかかる。

「……私はそんなに心配をかけているだろうか。もっと鍛錬をするべきか？」

「いや、そっちじゃないわよ。あんたはもう十分すぎるぐらい強いから大丈夫。それよりも浮世離れしてるというか、あんたってちょっとズレてるのよね」

ストレートに自らの短所を告げられたフランツは、顎に手を当てて考え込み、自分の中で考えをまとめた。

「分かった。鍛錬ではなく、もっと知識を取り入れるべきということだな。確かに獣人に関してはさらっと歴史やその進化の過程を学んだ程度で、文化などについて深い知識は持ち合わせていない。今度獣人に関する研究論文を取り寄せ……」

「違う、全然違うわ！」

——そういうところがズレてるのよ！

言葉を飲み込むように眉間に皺を寄せたマリーアは、疲れた様子で話を元に戻す。

「とにかく、わたしも一緒に行くから人数に入れなさい」

「……分かった。ではマリーアも含めた四人で——」

「待って！」

今は話の本筋を進めようと頷いたフランツに、勢いよく手を挙げて割り込む者がいた。

「私も行く！」

ミーアだ。ミーアは必死な表情で、フランツやアーデルに言い募る。

「ルカくんの友達です！　って言いに行くの。その方が獣人の人たち？　も納得してくれるよ」

ミーアの言葉には一理あり、フランツは考え込んだ。

（確かに、実際に子供がいた方が、向こうの警戒心は薄れるだろう。しかし万が一戦闘にでもなった場合、守らなければいけない者が増える）

ミーアに続いて他の子供も次々と同行を希望する中、フランツは人差し指を立てた。

「分かった。一人だけならば同行を許可しよう。確かに共に来てくれた方がありがたいのだが、万が一の場合に守れるのは一人までとなる」

フランツの真剣な表情を見たからか、子供たちは反論することなく頷き、話し合いの末にミーアの同行が決まった。

最終的に獣人の集落に向かうのは、フランツ、マリーア、アーデル、ミーア、ハニールカの五人だ。レオナも同行を願い出たが、無闇に人数を増やすのはよくないとフランツが却下した。

メンバーが決まったことで、早い方が良いだろうとさっそく集落へ向かうことになる。

「ミーア、気をつけるんだよ」

「しっかりやるんだぞ！」

ダミアンとクルトの声掛けに、ミーアは笑顔で答えた。

「うん！　行ってくるね～」

そうして五人は、森に足を踏み入れた。

第七章 ⚜ 獣人の集落

森に入った五人はハニールカを先頭にして、順調に獣人の集落へと足を進めていた。ハニールカは獣人の中では能力が低いが、人間と比べれば標準よりも上なので、山道を歩くぐらいでは疲れた様子を見せない。

「獣人って、あんたぐらい身軽でも普通以下なのね」

マリーアが呟いた言葉に、ハニールカは悲しげに眉を下げた。

「僕は、獣人の中では一番下です」

「獣人って凄《すご》いのね……」

「獣人は身体能力に特化しているらしいからな。その代わりに魔法は使えないと聞く」

「え、そうなの？」

「はい。人間には魔力？　があるんですよね。獣人にそういうものはないです」

マリーアは感心するように「へぇ～」と何度か頷《うなず》くと、またハニールカに問いかけた。

「獣人ってどんな暮らしをしてるの？」

「えっと……人間との違いは分からないですけど、僕の集落の暮らしは強い人たちが狩りをして、狩り以外のことが得意な人はそれを仕事にしてます。住む場所を作ったり、家具を作ったり、料理をしたり」

そんな説明を聞いて、ミーアが純粋な眼差《まなざ》しで呟く。

「じゃあルカくんは、狩り以外を仕事にするんじゃダメなの？」

「それが……僕は狩り以外でも役立たずなんだ。やっぱりどの仕事も、体力や腕力が必要だから」

ハニールカは悲しそうに俯《うつむ》いてしまい、少し落ち込みかけた雰囲気を、フランツが質問を継続することによって変えた。

「先ほど長がいると言っていたが、その者はどうやって決めるのだ？」

その質問に、ハニールカは顔を上げる。

「それは、決闘です。集落の長は一番強い人がなって、誰でも年に一度だけ長に決闘を挑めます。そこで長に勝つ人がいたら、その人が次の長です」

「え、強さだけで決めるの⁉　それは随分と、わたしたちとは違う仕組みなのね……」

マリーアが驚愕《きょうがく》の声を上げる中、フランツも目を見開いた。

（それほど強さ重視とは驚いたな。生まれを重視する貴族社会とは相容《あいい》れないだろうが、騎士団ならば似たような仕組みかもしれない）

「集落の方向性を決める決定権は、全て長《おさ》にあるのか？」

「えっと……確か長と、それ以外の何人かが話し合いをしてた気がします」

「では私たちは長の他に、数名の上層部の者たちにも認められる必要があるのだな」

そこまで話をしたところで、ハニールカが僅かに緊張の面持ちで口を開く。

「そろそろ集落に近づいてきたので、僕たちのことが警備の人に気づかれるかもしれません」

「分かった。では心構えをしておこう」

それからは誰も言葉を発することなく沈黙が場を支配し、五人の足音だけが森の中に響き渡っていた。

そんな静寂に――突然、一人の男が飛び込んでくる。

フランツは気づいていたので動揺は見せなかったが、他の皆は体をビクッと震わせた。

皆の目の前に現れたのは、二十代ほどに見える獣人の男だ。

グレー色の三角に尖《とが》った耳を持つ男の表情には、怒りが滲《にじ》んでいた。

「こんなところまで何しに来た！」

油断なく構えながら、男は腹の底に響く低音で叫ぶ。

男にはハニールカと違い手足にも獣の特徴が残っていて、グレーの毛に包まれた手からは鋭い爪が覗《のぞ》いていた。

さらに尖った牙も、怒りから剝《む》き出《だ》しにされている。

「ハニールカを放せ！」

「ち、違うよ！　ネウスさん、この人たちは、僕が連れてきました！」

男がフランツたちに襲い掛かろうとした瞬間、ハニールカが必死に声を張って、男を抑えるように両手を広げた。

するとネウスと呼ばれた男はギリギリで止まり、少しだけ警戒を解く。

「……どういうことだ？」

「あの、あの……僕、ミーアと友達になったんです！　だから皆に人間の村に行くことを認めてほしくて、それで、ミーアの村の人たちにも来てもらって……」

ハニールカが必死にそう言い募る中、ミーアがハニールカの隣に並んでギュッと手を握った。

「私、ルカくんの友達です！」

そう宣言したミーアの表情は、認めないと許さないとでもいうような厳しいもので、そんな子供たちの様子を見たネウスは拍子抜けした様子で構えを解く。

「なんだ、そうか、友達を連れてきたのか」

「……だ、ダメ、ですか？」

心配そうに問いかけたハニールカに、ネウスは首を横に振った。

「そんなこと言わないぜ。俺はずっとお前が一人でいることを心配してたんだ。でもそうか、お前は森の中を駆け回れないが、人間となら気が合うんだな」

そう言ってハニールカの頭をくしゃっと撫《な》でたネウスに、ハニールカは驚きと感動の面持ちを浮かべる。

「ぼ、僕のことなんて、考えてくれてたんですか……？」

「当たり前だろ？　集落の仲間なんだからな。お前は能力が劣ってるからって気後れしてるみたいだが、ほとんどのやつらがお前を心配してると思うぞ。ただ俺たちはほら、粗雑だからよ、お前にどう接したらいいか分かんなかったんだ。壊しちまいそうでな」

ネウスのその言葉を聞いて、ハニールカは瞳から大粒の涙を溢《こぼ》した。

悲しい涙ではなく嬉《うれ》し涙であるそれは、キラキラと輝いている。

「集落で差別されてるんじゃなくて良かったわね……」

マリーアがホッとした声音で呟《つぶや》いた言葉に、フランツも口角を上げた。

「そうだな」

それからハニールカが落ち着くのを待ったところで、ネウスが話を戻した。

「それで、人間の村に行ってもいいのかって話だったな」

「はい。村長さんが、僕が遊びに来るなら集落の長に挨拶をしたいって」

そう言ってハニールカがアーデルを示したところで、アーデルは緊張を隠せない様子ながらも一歩前に出る。

「こ、子供を預かるのであれば、連絡は必要かと……」

「確かにそうだな。じゃあ、俺から長に話を通してくるか。人間ってところはちょっと微妙だが、交渉の余地はあると思うぜ」

「本当ですか！　ありがとうございます」

「ハニールカたちは、ここで待ってろ」

「は、はい！」

ネウスは身軽に地面を蹴って、集落の中へと向かった。

それから緊張感が漂う中で待つこと十分ほど、笑顔のネウスが戻ってくる。

「ハニールカ、長が会ってくれるってよ！」

「本当ですか！」

ハニールカは今までで一番の笑顔だ。手を繋《つな》いだままのミーアと顔を見合わせ、嬉しそうに笑い合った。

「おう。俺が案内するから、全員で来てくれ。人間が来るなんて相当珍しいし、ジロジロ見られたりしても気にしないでな」

そう言ったネウスにフランツたちが頷くと、獣人の集落の中へと案内される。

集落は立派な木の柵で囲まれており、門のようになっている場所から中に入った。

中では多くの獣人たちが思い思いの時間を過ごしていて、ほぼ全員が突然現れた人間であるフランツたちに視線を向ける。

「人間、じゃねぇか？」

「なんで集落にいるんだい？」

「初めて見たな」

「あんまり俺らと変わらないんだなぁ」

多くの無遠慮な眼差しといくつかの声が聞こえてくるが、その性質は悪意に満ちたものではなかった。どちらかと言えば、純粋な興味だ。

（ふむ、思っていたよりも人間に対する忌避感はなさそうだ。これならば互いに知っていけば、交流もできるかもしれないな。やはり互いの溝を深める一番の原因は、未知の怖さなのだから）

フランツがそんなことを考えながら周囲を見回していると、そんなフランツに一部の獣人たちが緊張に体を硬くしていた。

――なんだあいつ、すげぇ強いぞ。

――隙が一切ねぇ。

――俺じゃ勝てない。攻撃を一つも当てられないで負ける。

――私の爪が届く想像が、できないわ。

フランツの強さに気づいた一部の獣人たちは、内心でそんなことを考えながら、全く動かなかった。

いや、動けなかったのだろう。

フランツはそんな一部の獣人たちが放つ気配に気づいていたが、素知らぬふりをして通り過ぎた。

（やはり獣人とは強い者が多いな。交流を重ねて帝国の一員となってくれれば、魔物被害の減少や騎士団の増強ができるだろう）

そうしてフランツが一部の獣人たちに恐れられながらも、一行は集落の中心地に辿《たど》り着《つ》く。そしてネウスは、そこにある大木の上を指差した。

「長はこの上にいるんだ」

フランツたちが見上げると、そこには木の上に作られたツリーハウスがあった。

獣人の集落は地面に作られた石造りなどの家が半分、残りの半分は木と同化するように作られたツリーハウスだ。

「結構高いわね」

「梯子《はしご》があるんだが登れるか？」

ネウスの問いかけに、フランツはミーアに視線を向けた。

「ミーアが一人で登るには危険だろう。私が抱えていく。アーデルは登れるか？」

「少し自信がないですが……多分大丈夫かと」

「万が一の時のために、わたしが後ろから支えるわよ」

「それはありがたいです」

そうして四人の登り方が決まり、ネウスはハニールカに声をかける。

「お前は大丈夫か？」

「は、はい。このぐらいなら大丈夫です」

「そうか。じゃあハニールカが先頭で、その後に他の四人。そして俺が最後にしよう。それでいいか？」

「ああ、問題ない」

それから十分ほどかけて、全員がツリーハウスの上まで登り切った。

予想通りアーデルはかなり厳しく、最後は腕を震わせながらだ。

「大丈夫か？　ここまで登らせてすまねぇな」

アーデルがツリーハウスの床に両腕を掛けたところで、ツリーハウスの中にいた一人の男が、ニカッと人懐っこい笑みを浮かべながら手を差し出した。

それをアーデルが取り、アーデルはグッと強い力で引き上げられる。

「下だと誰に聞かれるか分からないからな、ここで話し合いがしたかったんだ。苦労をかけたな」

「い、いえ、大丈夫です」

アーデルが息を整え、マリーアとネウスも上がってきたところで、男は全員の顔をぐるりと見回すと楽しげな笑みを浮かべて言った。

「俺はエッグリート、この集落の長だ。よろしくな」

笑顔で挨拶をしたエッグリートに、まずはアーデルが口を開く。

「わ、私は山の麓にある村の村長をしている、アーデルです」

「ああ、村があることは知ってる。人間の暮らしが気になってはいたんだ。今回は話をするきっかけができて嬉しく思う」

「そうだったのですね。良かったです」

アーデルは好意的なエッグリートの対応に安心したのか、ホッとしたように体から力を抜いた。

「じゃあ、まずは座ってくれ。他のやつも紹介したい」

ツリーハウスにはテーブルや椅子がなく、床に布が敷かれているだけだ。

全員で直接そこに座り、エッグリートを始めとした獣人たち数人と、フランツたちが楕《だ》円《えん》のように向かい合う形となった。

まずは互いに自己紹介をし合い、それが終わったところで、さっそくエッグリートが本題を切り出す。

「それで、ハニールカが村に遊びに行きたいって話だったな」

ハニールカはエッグリートに視線を向けられ、緊張の面持ちで頷《うなず》いた。

「は、はい。ミーアや、他の人間の子たちとも友達になったんです。村に遊びに行っても
いいでしょうか……っ！」

必死な表情で頭を下げたハニールカに、エッグリートが明るい声をかける。

「もちろん構わねぇぞ。そもそもこの集落は、人間との交流を禁止してるわけでもないし
な。好きなように生きたらいい」

「本当ですか！　ありがとうございますっ！」

「おうっ。集落の仲間の幸せは大切だからな」

そう言ってエッグリートがハニールカに笑顔を見せると、それを見たハニールカは嬉し
涙を流した。

「うっ……っ」

「ははっ、こんなことで泣くなよな」

涙を流すハニールカに手を伸ばしたエッグリートは、優しげな表情だ。

「ご、ごめんなさい……僕を集落の仲間だと言ってもらえて、嬉しくて」

「なんだ、ハニールカは仲間だと思ってくれてなかったのか？」

「い、いえ！　そうじゃないです。でも、僕は何にもできなくて、足手纏《あしでまと》いで、役立たず

だから……」

「そんなことねぇよ。お前にも得意なことはあるはずだ」

その言葉にハニールカがまた涙を溢し、ツリーハウス内は温かな空気で満たされた。

全員がハニールカを優しい表情で見守る中、フランツが意を決して口を開く。

「この機会に一つ頼みがあるのだが、聞いてもらえるだろうか」

そんなフランツの言葉に、エッグリートは表情を真剣なものに変えた。

「なんだ？」

「――人間との交流をする気はないか？」

よく通る声で告げられたフランツの言葉に、獣人側もアーデルたちも、一様に驚いたような表情を浮かべる。

(この機を逃すという選択肢はない。この場にいるのはアーデルとミーアだけであるし、身分を明かしても構わないだろう)

そんなことを考えながらフランツがエッグリートの瞳をじっと見つめていると、エッグリートはニッと好戦的な笑みを見せた。

それによって、部屋内の空気がガラッと変わる。

先ほどまでの温かく穏やかな空気から、一瞬で緊張を孕《はら》んだものになった。

「交流とは、ハニールカ以外ともってことか？」

「ああ、種族同士のという意味だ。他国では人間と獣人が共に生活しているところもあるだろう？」

「確かにそういう話は聞くが、難しいんじゃないか？」

「それは承知している。しかし誰かが最初の一歩を踏み出さなければ、いつまでも現状のままだ。不干渉は、次第に大きな溝を生む」

フランツの言葉を最後まで聞き、しばらく考え込んでいたエッグリートは、楽しげな笑みを浮かべるとその場に立ち上がった。

フランツもほぼ同時に立ち上がると、二人はじっと視線を絡ませる。

「──分かった、交流するのは構わない。ただ集落内で必ず反発はあるだろう。獣人の集落でそれを解決するのは強さな訳だが……お前、俺と決闘しようぜ？　集落の皆にお前の強さを示せば、交流もスムーズに進むはずだ」

その提案はフランツにとってありがたいもので、すぐに頷いた。

「分かった、決闘を頼む。──ただ一つ確認しても良いか？　私が勝ってしまった場合、集落の長《おさ》にはなれないが」

フランツの心配に、エッグリートはニッと口端を持ち上げる。

「俺に勝つつもりでいるのか？　確かにお前は相当強そうだが……問題ねぇ、俺が勝ってやる。お前の心配は、そうなった時に考えろ」

「分かった。ではさっそく、お相手願おう」

「よし来た！　じゃあ、集落の中央広場に行くぞ」

そうしてフランツたちは、場所を移すことになった。

第八章 ⚜ 獣人の長との決闘

ツリーハウスから下りて中央広場に向かうフランツたちは、他の獣人たちの注目を浴びていた。集落の長が人間と共にいるということに、興味を惹《ひ》かれるのだろう。

そんな集まってきている獣人たちに、ネウスや話し合いに同席していた他の獣人たちが、決闘を知らせるために声をかけて回った。

慌ただしい様子に視線を向けながら、マリーアがフランツに小声で話しかける。

「ねぇフランツ、こんなことしたら身分がバレるんじゃないの？」

その心配に、フランツは首を横に振った。

「問題ない。これから交流するにあたって隠し事は良くないため、決闘後には私の立場を明かすつもりなのだ。冒険者生活を楽しむために身分を隠すことよりも、この機会を有効活用することの方が大切だからな」

「そうなのね。あんたがいいなら別にいいわ。でも……そんなに獣人と交流したいのは、何でなの？」

そう問いかけたマリーアの表情は、真剣なものだ。それを見てフランツも、しっかりとマリーアに視線を向けた。

「先ほどエッグリートに言ったが、不干渉というのは良くないのだ。些細《ささい》なきっかけで相手を恨むことになり、大きな確執が生まれてしまう。相手のことを知っていれば防げた事態も、無知ゆえに防げない。特に獣人はこうしてすぐ足を運べる場所に住んでいるのだ。不干渉を放置しておく危険度は高いため、早めに交流がしたいと思っていた」

フランツの言葉を聞いて、しばらくじっとフランツの瞳を見つめたマリーアは、静かに口を開いた。

「あんたは他の種族に、嫌悪感はないの？」

どこか緊張が滲《にじ》んでいるような問いかけに、フランツは悩むことなく答える。

「全くないな。そもそも問題なく対話ができる時点で、同じ種族と言っても良いのではないだろうか」

「確かに……そう言われてみると、そうね」

マリーアがぱちぱちと瞬《まばた》きしながら呟《つぶや》くと、フランツは周囲を見回して口を開いた。

「今回初めて獣人と接する機会を得て、さらにこの気持ちが強くなった」

「……ハニールカみたいな耳があるだけの人だと、もう毛深い人間の方が獣人に見えるかもしれないものね」

そう言ったマリーアの表情は、嬉《うれ》しそうに緩んでいる。

「確かにそれは一理あるな」

「ふふっ、そうよね。種族分けなんて、曖昧なものなのね」

二人がそんな話をしている間に、一行は集落の中央広場に着いた。

そこは頻繁に決闘が行われるのか、ちょっとした闘技場のような作りになっていて、広場の周りには階段状の観覧席が設置されている。

そしてその席には、すでに獣人たちが集まり始めていた。

「長が人間と戦うって本当か！」

「本当だぜ。ほら、あそこ見ろよ」

「うわっ、本当に人間がいる。なんか思ってたより俺らと変わんねぇな」

「どの人が戦うのかしら」

「それはあの、剣を腰に差してるやつだろ。あいつは強いぞ」

「あの女性の方も強そうじゃない？」

獣人たちの会話が聞こえる中、エッグリートが好戦的な笑みを浮かべてフランツを振り返る。

「ここで戦うのでいいか？」

その問いに、フランツも口角を上げた。

フランツは戦闘が特別好きというわけではないのだが、やはり強い相手と戦うのは心が躍るのだ。本気を出せる相手が少ないフランツにとって、数少ない機会となる。

「もちろん構わない。ルールはどうする？」

「基本はなんでもありで、殺しはなし。回復不可能なほどの酷《ひど》い怪我《けが》には互いに気をつける。それが俺たちのルールだ」

エッグリートが告げたルールに、フランツは眉根を寄せた。

「私はそれで構わないが、それだと剣も魔法も使って良いことになるぞ。見たところエッグリートは武器を持っていないようだし、獣人は魔法も使えないはずだが」

フランツの配慮に、エッグリートは鋭い爪を見せる。

「問題ない。俺らにはその代わり、鋭い爪や牙、それから身体能力があるからな。武器や魔法にだって負けねぇ」

その説明にフランツは納得し、少し頭を下げた。

「そうか、すまない。野暮な質問をしたな」

「気にすんな。じゃあ、さっそく始めるか」

エッグリートはそう言うと、話している間にも続々と集まっていた獣人たちに向け、拳を掲げながら声を張る。

「全員聞け！　これから俺とフランツの決闘を行う！　フランツは俺たち獣人と人間との

交流を望んでるそうだ。人間と交流しても良いか、ちゃんと決闘を見て判断しろよ！」

その言葉を受けて、獣人たちは一斉に雄叫《おたけ》びを上げた。

「うおぉぉぉぉ！」

「長、負けんじゃねぇぞ！」

「ちゃんと見とくぜ！」

「人間になんて負けるなよ！」

「負けることはないでしょうけど、殺したら失格よ！」

「そうだ。殺しちゃダメだぜ！」

「上手《うま》く勝てよ！」

獣人たちの好き勝手な声かけに、エッグリートは苦笑を浮かべると、フランツに視線を向ける。

「すまねぇな。あいつら好きに言いやがる。お前の実力が分かってないやつもいるんだ」

「いや、構わない。エッグリートが長として実力を認められ、慕われているということだろう。上に求心力がある組織は強い」

フランツは自分を侮るような声かけにも、マイナスな感情を抱いてはいなかった。それよりも獣人たちの予想以上の結束に、帝国民となってくれた場合の利点が次々と思い浮かぶ。

（自らよりも強い仲間に従う気持ちは、かなり強いようだ。それならば、やはり騎士団では大きな戦力となってくれるだろう）

「ははっ、ありがとな」

その言葉を最後に、エッグリートの纏《まと》う雰囲気がガラッと変わった。完全に戦闘モードになったエッグリートに、フランツも剣を抜いて油断なく構える。

決闘が始まる前の張り詰めた緊張感に、いつの間にか中央広場には痛いほどの沈黙が満ちていた。

二人に向ける獣人たちの眼差《まなざ》しは真剣そのもので、マリーアとアーデル、そしてミーアも固唾《の》を呑んで二人のことを見守る。

表面張力で保たれたような均衡を崩したのは、一陣の風だった。

ブワッと吹いた風に中央広場にある木々が揺れたその瞬間、二人は同時に地面を蹴る。

平らに均《なら》された硬い地面には二つの足跡が付き、常人では追えぬ速さで、エッグリートの鋭い爪とフランツの剣がぶつかった。

ガキンッ――そんな高い音が広場に響き、二人の力は拮抗《きっこう》する。

「ほう、これを完璧に止めるか」

感心したようなエッグリートの言葉に、フランツはさらに腕へと力を入れた。しかしエッグリートの腕は動かない。

「それはこちらのセリフだな。思っていたよりも、かなり重い」

「これより軽く見られてたなんて、心外だなっ」

エッグリートはフランツの剣を弾《はじ》くと、一歩だけ後ろに下げられたフランツの足を狙うように、回し蹴りをした。

威力よりも体勢を崩させることに重点を置いた攻撃だったが、フランツは最小限の動きでそれを避けると、そのまま舞うようにエッグリートへと切り掛かる。

さらに切り掛かると同時に、死角から氷弾を放った。

「っっ」

エッグリートはフランツの剣を爪で受け流しながら、ギリギリのところで死角からの氷弾を躱《かわ》す。

「あんなところからも攻撃が来るのかよ」

そう呟くエッグリートの表情は、今までで一番の笑顔だ。

「あれを躱すのは凄《すご》いな」

「まあな。さっきの魔法は一般的なものなのか？」

「いや、遠く離れたところに魔法を発動させ、的に命中させるのは難しいのだそうだ。そう簡単にはできないだろう」

フランツのその説明に、観覧席のマリーアが叫んだ。

「簡単にはできないどころか、フランツ以外にはほぼ不可能よ！　――あんな高度な魔法を戦いながら発動するなんて、本当に信じられないわ」

立ち上がって皆に聞こえるように叫んでから、席に腰掛けて後半のセリフをポツリと呟いたマリーアに、エッグリートが一瞬だけ視線を向ける。

「ああ言われてるぞ？」

「……普通はできないそうだ」

他人事のように告げたフランツに、エッグリートは楽しげに笑った。

「ははっ、フランツ、お前と戦えて光栄だ！」

そう叫んだエッグリートは、今度は先手で動く。

フランツに飛びかかるように地面を蹴ったが、そのまま突撃するのではなく、フランツの頭上を飛び越えた。

そして着地と同時にさらに地面を蹴り、後ろからフランツに鋭い爪で切り掛かる。

その動きはあまりにも速く、常人であれば反応できなかっただろうが、フランツは振り返りざまの一閃《いっせん》。なんとか爪を弾いた。

「……っ」

しかしエッグリートのあまりの速度に、少しだけ体勢を整えきれず、僅かに後ろに仰《の》け反《ぞ》る形になる。

そこを見逃すエッグリートではない。

すぐさま弾かれたのとは別の拳でフランツを地面に倒すように殴りかかり、それを地面に倒れ込む形で避けたフランツに、今度は左足を軸にして体を回すような形でエッグリートが蹴りを放った。

鋭い蹴りは、フランツを吹き飛ばす。

誰もがそう思った瞬間、フランツはエッグリートの蹴りの軌道を逸《そ》らす形で土魔法を使い、それによって今度はエッグリートが体勢を崩された。

そこにフランツが鋭い雷撃で追撃を行うが、直撃すれば確実に相手の自由を奪っただろうその攻撃は、体勢を崩しながらも横に跳んだエッグリートに躱される。

「あの体勢から避けるのか……」

フランツは感心しながら素早く立ち上がり、一度仕切り直すためにエッグリートから距離を取った。

すでに体勢を立て直し油断なく構えるエッグリートに、今度はフランツから仕掛ける。

フランツはエッグリートに向かって抜き身の剣を振り上げながら飛び込むと、右上から思いっきり切り掛かった。

その攻撃はエッグリートに軽く躱されたが、躱された瞬間に、宙を切る剣先から風の刃《やいば》を放つ。

「うっ……っ」

完全に躱しきった剣先から放たれた突然の攻撃に、エッグリートは対応が遅れた。急所を外すために両腕で攻撃をガードするしかできなかったエッグリートは、腕に深い傷を負って吹き飛ぶ。

しかしそこで諦めるエッグリートでもなかった。

追撃したフランツに今度はフェイントも交えて攻撃を当てると、また体勢を整えて休みなく攻撃を放つ。

それからは、互いに一歩も譲らない展開だった。

どちらも決定打を与えられずに戦いが続く。フランツの剣はエッグリートが爪で受け流し、魔法は素早い身のこなしで躱される。エッグリートの爪攻撃や蹴りなどは、フランツが剣や魔法を駆使して全てを受け流した。

しかしその速度は尋常ではなく、観戦している者たちの中でも、一部の実力者にしか戦闘の内容を正確に把握することはできない。

「人間って、こんなに強かったのかよ……」

「長《おさ》、全力だよな？」

「俺には全力に見えるぜ。エッグリートさんとここまでやり合うなんて、信じられねぇ」

「人間にもこんなに強い男がいたのね」

「まさか、長が負けるの？」

獣人たちからそんな声が上がる中、二人の攻防はついに終わりを迎えた。

今まで何度もエッグリートに見せた攻撃と同様の形で、フランツが剣を振り上げ、その構えにエッグリートが剣を避けようと予測して動き出した、その瞬間。

フランツは、剣を手放したのだ。

まさかの動きにエッグリートが一瞬動きを止める中、身軽な動作でフランツはエッグリートの腹を拳で殴った。

「ガハッ……ッ」

その攻撃にエッグリートは対応できず、鳩尾《みぞおち》に重い一撃を喰《く》らうとそのまま吹き飛ぶ。

地面に倒れ込んだエッグリートに、フランツは間髪を容《い》れずに近づいた。

腹を押さえながら仰向《あおむ》けで転がるエッグリートを、素早く蹴りによってうつ伏せにひっくり返すと、エッグリートが起き上がれないよう背中を片足で押さえて右腕を取る。

肩の可動域いっぱいまで腕を固められたエッグリートは、悔しげに顔を歪《ゆが》めたあと、潔く宣言した。

「俺の負けだ！」

その瞬間、フランツは力を抜き、今度はエッグリートに手を差し出す。

「すまない、怪我《けが》はないか？」

そんなフランツの声掛けに、エッグリートは苦笑を浮かべ、フランツの手を取った。

ぐいっとフランツの腕を使う形で起き上がったエッグリートは、フランツの肩をポンッと軽く叩《たた》く。

「俺の完敗だ。フランツ、お前は凄《すげ》ぇよ」

「ありがとう。しかしエッグリートも相当な強さだ。久しぶりに全力で戦うことができ、楽しかった。感謝する」

「こっちこそ、楽しかったぜ」

フランツとエッグリートが拳をぶつけ合うと、その瞬間に周囲から大歓声が上がった。

「す、すげぇ!!」

「最高の決闘だったわ！」

「凄い戦いだったぜ！」

「まさか長が負けるなんて信じらんねぇが、お前はすげぇな！」

「人間ってこんなに強いのね！」

「魔法って凄いな！」

熱い戦いの余韻に、皆が興奮の面持ちを浮かべている。

そんな中でフランツが口を開きかけたその時、獣人たちの中から一人の女性が飛び出してきた。茶髪のボブに同色の三角に尖《とが》った耳を持つ、明るさが印象的な女性だ。

女性は瞳をキラキラと輝かせ、フランツにずいっと顔を近づけながら叫ぶ。

「さいっこうに強くてカッコよかったよ！　あたしと結婚して!!」

突然の出来事にフランツが珍しく固まっていると、エッグリートが女性の頭を大きな手でガシッと摑《つか》んだ。

「タタ、急に何を言い出すんだ。フランツは人間だぞ」

「だって父さんに勝ったんだよ!?　あたしは強い人と結婚したいの!!」

エッグリートの娘であるらしいタタと呼ばれた女性は、窘《たしな》められても物怖《ものお》じしない。

「ねぇフランツ、お願い！　毎日一緒に鍛錬したい！」

全く色気のないプロポーズに、フランツはやっと頭が回り始め、タタに向けてはっきりと断りを口にした。

「申し訳ない。私の結婚相手は父上が決めるのだ」

そんなどうしようもない言葉を聞いて、タタは少しだけ考える。しかしすぐに顔を上げると、また瞳を輝かせながら告げた。

「じゃあ、あたしを仲間にして！　あっ、弟子でもいいよ。獣人の中でも一番鼻がいいから、偵察は大得意なんだ！」

結婚が無理だと分かるや否や、タタは攻め方を変える。フランツと結婚したいというよりも、強いフランツの側《そば》にいたいというのが本音のようだ。

「だからお前なぁ」

フランツが口を開くより先に、エッグリートがタタの後ろ襟を掴んで自分の下に引き寄せた。

「話をややこしくするんじゃない。まだこれから色々と決めるし、フランツから話を聞くんだ。お前の要望はその後で聞いてやる」

呆《あき》れた表情のエッグリートがそう告げると、タタは少し不満げだ。

「ええ……」

しかしさすがに今は迷惑だと悟ったのか、比較的素直に頷《うなず》いた。

「分かった。でも絶対に話をさせてね？　絶対だよ？」

「分かったから下がってろ」

そうしてタタが未練を残して観覧席に戻っていく中、エッグリートがフランツに声をかけた。

「娘がすまない。もう十六なんだが、いつまでもうるさくてな」

「いや、別に構わない。これから獣人と人間との交流を進めていきたいと考える中で、私たちに対して好意的な見方をしてもらえるのはありがたいからな」

「そう言ってもらえて良かった。でもそれなら、なんの心配もいらないと思うぜ」

そう言ったエッグリートは、楽しそうな笑みを浮かべて観覧席を指差した。するとそこには、フランツにキラキラとした瞳を向けている獣人が大勢いる。

「皆に聞いてみるといい」

「分かった。――皆に聞いてほしい！　私は獣人と人間の交流を進めたいと考えているのだが、協力してもらえるだろうか？」

その問いかけには、その場にいた全員が賛成の意を示した。

「もちろんいいぜ！」

「こんなに強いやつがいるなら、交流するのが楽しみだ！」

「決闘に勝った人の決定には従うわ」

「もちろん協力するよ」

「当然だろ！」

熱い決闘とフランツの勝利という結果によって、驚くほどにすんなりと要求が通る。夕だけでなく、やはり獣人は強さに惹《ひ》かれるのだろう。

(獣人との交流窓口は、文官などではなく騎士にするべきだな)

フランツはそんなことを考えながら、人好きのする笑みを浮かべた。

「ありがとう。皆の協力、とても心強く思う」

「おうっ！」

「これからが楽しみだ！」

そうして大盛り上がりの中で、獣人と人間の交流が決まり、長く続いてきた不干渉の歴史が変化することになった。

しかし歴史の転換点にいることなど、ほとんどの者が理解しておらず、好奇心を前面に出して獣人たちはフランツの周りに集まる。

「なあ、人間にはお前ぐらい強いやつがたくさんいるのか？」

「魔法って、他にはどんなことができるんだ？」

「俺らも武器を持ったら強いのだろうか」

そんな疑問の一つ一つにフランツが律儀に答えようとしていると、エッグリートが声を張って皆を落ち着かせた。

「お前ら、ちょっと落ち着け。色々と気になるのは分かるが、まずは決闘の結果について考えないとダメだろ？　長の俺が負けたんだ」

その言葉に皆が現実を思い出したのか、フランツとエッグリートを交互に見つめる。

この集落では長に決闘で勝つと、その者が次の長になるのだ。今回はフランツが長になる立場だった。

「確かにそうだな。どうするんだ？」

「でもフランツは人間だぞ？」

「それにこの集落に住んでない」

「なら、長の交代はなしよね？」

「でもそれだと決まりを破ることになるぞ」

「確かにね……」

「あたしと結婚してフランツが長になるっていうのは……っ」

待ちきれないと話に入ってきたタタは、他の獣人の女性たちに体を固定される。

「タタは少し黙っていて」

「素直で一直線なのは時に不利なのよ」

「こういうのは作戦を立てないと」

ここそこと小声で話す言葉は、フランツには聞こえていない。

「私もフランツを狙いたいけど、今回はあんたに譲ってあげるわ」

「タタは長よりも強い人じゃないと結婚しないって言い続けてたから、こんな機会そうそう来ないわよ」

女性たちの内緒話が繰り広げられる横では、長交代に関する議論が紛糾していて、そんな中でフランツが口を開いた。

「皆、聞いてほしい。まず私はこの集落の長になることはできない。私は部外者であるから、この決闘は長の変更を伴うものとは関係ないだろう」

その解釈は、概《おおむ》ね受け入れられる。

しかし一部の獣人は、より強い者に従いたいという欲求が強いらしく、すぐには納得できない様子だ。そんな一部の獣人たちに対して、フランツはある提案をした。

「もし私の下につきたいという者がいるならば、私が団長――皆の言葉でいう長《おさ》の地位についている組織、騎士団に受け入れよう。さらに私は現在、長期休暇をとって冒険者として活動をしている。そのため、冒険者になることも勧めておく」

そんなフランツの言葉に、エッグリートが口を開く。

「もしかしてフランツって、人間たちの中でも凄《すご》いやつなのか？　騎士団って俺たちでも知ってるぜ」

「ああ、申し遅れたが、私はフランツ・バルシュミーデ。シュトール帝国の第一騎士団にて、団長の任を拝命している者だ」

その自己紹介に驚いたのは、獣人たちよりもアーデルだった。

アーデルは相当混乱しているのか、口をポカンと開いたままフランツを凝視する。

「ど、どういう、ことで……え、団長⁉」

焦りで意味のある言葉を発せないアーデルに、マリーアが説明した。

「フランツが言ってることは真実よ。あいつは先の大戦の英雄で、公国の公子様なの。村にまでフランツの情報は流れてる？」

「は、はい。凄い方がいるという話は、色々なルートから」

そう返答したアーデルは一度大きく息を吐き出すと、瞳に決意を滲《にじ》ませる。

「この事実は、聞かなかったことにします。なんだかもう、頭が混乱して、よく分かりませんので……」

「それが一番ね。一応隠してるから、秘密にしてあげて」

「わ、分かりましたっ」

マリーアの言葉を受けて、アーデルは誰にも話してはいけないと、ミーアとハニールカに必死に言い聞かせた。

そうして密《ひそ》かにアーデルが混乱している横で、フランツたちの話は先に進んでいく。

「俺、冒険者って知ってるぜ！　魔物を倒すんだよな？」

冒険者と騎士、どちらになりたいかという話が活発になっていた。

「そうだ。魔物討伐の他にも、戦う術《すべ》を持たない者たちを助ける、素晴らしい者たちのことだな」

「じゃあ、冒険者には強いやつがたくさんいるってことだな」

「それはもちろん、たくさんいるだろう」

フランツが自信満々な笑みを浮かべて頷くと、獣人たちの間で冒険者に対する憧れが強まった。

「俺も冒険者になってみてぇな！」

「楽しそうだよな！」

「騎士団はどんな感じなの？」

それからも冒険者と騎士団の実情について、フランツから見た様子が獣人たちに語られていった。

その内容、特に冒険者に対する内容は、マリーアがため息を吐《つ》くようなものだったが、獣人たちの興奮度は話が進むごとに高まっていく。

「冒険者ってカッコいいな！」

「凄い仕事だぜ！」

「騎士団も楽しそうだ」

「俺もそっちだな。組織というのに興味がある」

そうして盛り上がる皆を、エッグリートが声を張ることで止めた。

「おいお前ら、ちょっと静かにしろ～」

集落の長の言葉に、皆はすぐ静かになり、エッグリートに視線が集まる。

その求心力にフランツが感心している中、エッグリートが告げた。

「とりあえず、話はその辺までにしとけ。これから人間と交流するんだから、いくらでも聞く機会はあるだろ？　それでフランツ、交流はどうやってやるんだ？」

詳細を求めるエッグリートに、フランツはすぐ答える。

「そこは基本的に、騎士団に任せようと思っている。騎士団には強い者が多いし、国の機関だからな。物事が早く進むはずだ」

「まずは騎士団からってことか？」

「ああ、とにかく騎士団との交流から始め、一般人にも問題なく受け入れられるようにしていかなければならない。なので皆が実際に騎士や冒険者になれるのは少し先になると思うが、そこは了承してほしい」

　様々な手続きや根回しが必要な案件だ。失敗すれば、今後に大きな傷を作ることにもなる。どうしても慎重に進めることになるだろう。

「まあ、それは仕方ねぇな。その騎士団との交流はいつからになるんだ？」

「そうだな……これからハイゼの街に戻り騎士団に連絡をするので、実際に話が進められるのは二週間ほど先だろう。二週間後には私の部下たちを連れてくるため、そこで詳細について話し合うので構わないか？」

　その提案に、エッグリートはすぐに頷いた。

「分かったぜ。二週間でこっちも色々と準備を進めておく」

「ありがとう。よろしく頼む」

　そうして獣人と人間の交流に関する話は上手《うま》くまとまり、フランツが獣人の集落での大きな目標を達成したところで、また夕夕が大きく手を挙げた。

「はいっ！　じゃあ次はあたしの話ね！」

そんなタタにエッグリートは呆《あき》れながらも、約束だからかフランツに告げる。

「すまないな。娘のわがままに付き合ってやってくれ」

エッグリートの頼みにフランツは頷《うなず》くと、タタの下に向かった。

「話を聞こう」

「ありがとう。まずあたし、フランツの強さに目を奪われたんだっ。すっごく強くて綺麗《きれい》でカッコよかった！　だからフランツの冒険者仲間にしてほしい！　あたしは鼻がいいだけじゃなくて、獣人の知識も豊富だよ。あとはその……そうっ、耳と尻尾以外は人間だから、獣人だってことを隠せるし迷惑はかけない！　あとは……」

タタが考えたというよりも、タタの後ろで見守っているお姉様方がこの自己アピールを考えたようで、タタは後ろを振り返りながらも必死に言葉を続けた。

「冒険者って素晴らしい仕事をやってみたい！」

最後までタタの言葉を聞いたフランツは、内心で感極まる。

（獣人が正体を隠して仲間になるなど、まさに冒険小説そのものではないか。またこれで憧れの冒険者に一歩近づける！　他にもタタのように正体を隠した獣人の冒険者はいるのだろうから、タタがいることでそういう者たちとも交流ができるかもしれないな）

フランツはそう考え、タタに笑みを向けた。

「分かった。ぜひ私たちと一緒に来てほしい。これからよろしく頼む」

その返答を聞いて真っ先に反応したのは、マリーアとエッグリートだ。

「なんで受け入れることになるのよ⁉」

「本当にいいのか⁉　タタを連れてくなんて交流の計画に支障が出ないか？」

そんな二人の疑問に、フランツは悩まず答える。

「タタの言うように、獣人であることを隠せるため問題はない。また本人がここまで私たちと共に来ることを望んでくれているのであれば、これからの交流にプラスの働きをする可能性は大いにあるだろう」

そこまで告げたフランツは、周囲にいる他の獣人たちを見てふと気づいた。

「……他の者にはチャンスがないというのも公正ではないな。しかしさすがに仲間とするのは一人が限界であるため、タタの他にも俺たちの仲間になりたいという者がいれば手を挙げてほしい」

そんなフランツの問いかけに、タタの味方をするお姉様方の睨《にら》みもあってか、誰も手を挙げない。

「今回はタタに譲ってやるぜ」

「仕方ないな」

「長の娘だし譲るわ」

　そうして獣人たち側からも反対意見は出ず、フランツも受け入れて、タタの同行が正式なものとなった。

「皆ありがとう！　フランツもありがとう！」

　満面の笑みで感謝を伝えるタタに、エッグリートが苦笑を浮かべながら近づく。

「お前は本当に突拍子もないことをするな」

「父さん、フランツの仲間になれるよ！」

　嬉《うれ》しそうな娘の姿に毒気を抜かれたのか、エッグリートは素直に告げた。

「良かったな。迷惑かけずに頑張るんだぞ」

「もちろん！」

「フランツ、ちょっと元気すぎてうるさい娘かもしれないが、タタをよろしくな」

　エッグリートからの真面目な言葉に、フランツも居住まいを正す。

「ああ、任せておけ」

　そうして話が上手くまとまる中、フランツは呆れた表情のマリーアに声を掛けた。

「マリーア、タタを仲間に入れてしまった。相談もなしにすまない」

　謝罪の言葉に、マリーアは何かを悟ったような表情でポツリと呟《つぶや》く。

「どうせあれでしょ、冒険小説絡みでしょ？　もう諦めてるからいいわよ。タタはいい子そうだし、仲良くなれそうだもの」

フランツが度量の大きいマリーアに感謝していると、タタが二人の下にやってきた。そこでフランツがマリーアを紹介する。

「タタ、こちらはマリーア、私の仲間だ。これからはタタとも仲間になる」

その紹介に、タタは笑顔でマリーアに挨拶をした。

「タタだよ。これからよろしくね！」

マリーアも好意的な笑みを浮かべ、右手を差し出す。

「マリーアよ。こちらこそ、これからよろしくね」

「うん！」

マリーアの手を両手で握ってぶんぶん上下に振ったタタは、くんくんと鼻を動かした。真剣な表情で匂いを嗅ぎ、そんなタタにマリーアは少しだけ頬を赤くする。

「ちょっと何してるのよ。臭いなんて言わないでよ？」

その言葉に被《かぶ》せるように、タタはパァッと晴れやかな笑顔で告げた。

「マリーアもすっごく強いね！　やっぱり強い人の周りには強い人がいるんだね。マリーアとも一緒にいられるなんて嬉しい！」

純粋な眼差《まなざ》しのタタに、マリーアは目を見開き固まった。

「そんなことが分かるのか？」

フランツの問いかけに、タタはなんでもないことのように告げる。

「なんとなくだけど分かるよ！　マリーアは風魔法が得意なのかな」

「……正解よ。凄《すご》いわね」

「えへへっ、魔物とたくさん戦ってる中で、嗅ぎ分けられるようになったんだ。魔力の質と体の筋力バランスが分かるから、なんとなく相手の強さも分かるの！」

　そんなタタの言葉に、フランツは驚きを隠せない。

（まさか、魔力には人間に感じ取れない匂いがあるのだろうか。筋力バランスについては……私たちが気配で感じているものを匂いで感じているとでも言うのか？）

　今まで出会ったことのない能力だが、その有用性はすぐに分かった。

「タタ、とても頼もしい能力だ。改めて、これからよろしく頼む」

「本当!?　こちらこそよろしくね！」

　フランツに褒められたタタは嬉しさを隠せない様子で、口元をこれ以上ないほどに緩ませながらフランツの手を取った。

　そんなタタの様子を見て、マリーアは息を吐き出しながら体の力を抜く。

「素敵は頼めそうね。あとは素材採取の依頼も積極的に受けられるんじゃない？」

「素材採取すっごく得意だよ！」

「ではこれから積極的に受けるとしよう」

　そうして三人は意気投合し、しばらく話をして仲を深めた。

「ではタタ、二週間後にまた来るので、それまでに出発準備をしておいてほしい」

「分かった。完璧にしておくね！」

タタと再会を約束したフランツは、他の獣人たちにも手を挙げる。

決闘に勝利したという事実が大きいからか、集落を後にするフランツの背中には、にぎやかな見送りの声が絶え間なく届いていた。

第九章 ⚜ 獣人との交流

獣人の集落を後にしたフランツたちは、何事もなく森を抜けて村に帰り着いた。

果樹畑が見えてきたところで、アーデルが呟く。

「帰って来られたな……」

果樹畑では何人もの村人がフランツたちの帰りを待っていたようで、五人が姿を現すと同時に、数人がフランツたちの下に駆け寄ってきた。

さらに数人が、帰還を知らせるために村へと駆けていく。

「どうだったんだ!?」

駆け寄ってきた村人たちの中には、ハニールカと友人関係になった子供三人がいた。

「あのね、ルカくんとこれからも遊んでいいって！」

ミーアが笑顔で答えると、子供たちは満面の笑みだ。

「本当か!?」

「やったな！」

「良かったね！」

ハニールカは子供たちに手を引かれ、肩を軽く叩《たた》かれ、肩を組まれ、困惑しながらも嬉しそうに笑っている。

「これからもよろしくな！」

「う、うんっ」

「洞窟の中だけじゃなくて、森での遊びもしようぜ。ちょっと離れたところに川があるから、そこに行くのもいいな」

「私はルカくんに美味《おい》しいものの作り方、教えてほしい〜」

そんな子供たちの様子をほっこりと見守ってから、アーデルはダミアンを始めとしたこの場にいる村人たちに、真剣な表情で告げた。

「ハニールカが村に来ることに関しては、問題なく認めてもらえた。さらに……これから獣人の方たちと、交流することになったんだ。そこでフランツさんとマリーアさんが、ハイゼに行って警備隊に話をしてくれるらしい。これから忙しくなるかもしれないが、よろしく頼むよ」

アーデルが事前にフランツたちと決めていた言葉を口にすると、村人たちは獣人と交流という内容に、驚いたように目を見開く。

しかし村人たちの表情に、困惑はあっても嫌悪はないようだ。

「そりゃあ、これから大変だな」

「村長、そんな話をしてきたなんて凄いじゃないか！」

そうして話をしていると、多くの村人たちが果樹畑にやってきた。その中にはレオナもいて、フランツはまずレオナに声をかける。

「レオナさん、待たせてしまってすまなかった」

その声かけに、レオナは首を横に振った。

「いえ、問題ありません。今回の動きは依頼に関わることでしたから。この後はまだ村に滞在されるのですか？」

「そうだな……さすがに今の時間からハイゼに戻るのは難しいため、今夜は村に泊まり、明日の早朝にハイゼに戻ろうと思う」

「かしこまりました。では私も、そのように準備いたします」

そうして今後の予定を決めたところで、それからは村の皆と共に喜びを分かち合い、今後に関する話もしながら夜が更けていった。


次の日の早朝。帰り道もダミアンとクルトが馬車で送ってくれることになったので、行きと同じメンバーで馬車に乗った。

「ではアーデル、街で獣人のことを伝え、私たちもまた村に戻ってくる。それまで少し待っていてくれ」

「はい。よろしくお願いします」

「行ってくるな！」

クルトが馬車から身を乗り出して大きく手を振ると、早朝にもかかわらずフランツたちを見送りに来ていたたくさんの村人たちが次々と手を振り、馬車は村を後にする。

ハイゼまでの道中に大きな問題はなく、昼を少し過ぎた頃に、馬車はハイゼの街に到着した。

「ダミアン、クルト、送ってくれてありがとう」

フランツとマリーア、レオナが馬車を降りたところで、フランツが感謝を伝える。

「いえ、気にしないでください。私たちは本当に帰ってしまっていいのですか？」

「ああ、獣人との交流という重大事項は、すぐに受け入れられるものではないだろう。まずは警備隊に話をして、村に戻るにしてもしばらく掛かるはずだ」

「多分一週間以上は先よ」

フランツとマリーアの言葉に、ダミアンは改めて納得するように頷《うなず》いた。

そしてクルトは、瞳を輝かせながらフランツを見上げる。

「兄ちゃんは、警備隊に知り合いがいるんだったよな！　凄いなぁ。俺も冒険者になったら兄ちゃんみたいになれるか？」

純粋な眼差《まなざ》しでの問いかけに、フランツはいい笑顔で答えた。

「そうだな。冒険者には素晴らしき者たちがたくさんいる。そこで研鑽《けんさん》を積めば、より己を高められるだろう」

「じゃあ俺、冒険者を目指すぜ！　村長で冒険者なんてカッコいいよな！」

子供らしい無邪気な夢に、フランツは拳を握りしめて伝える。

「冒険者として実績を積めば、村がより発展して街になるかもしれないな」

それは、冒険小説の中だけの話だ。しかし冒険者が理由ではないにしろ、現実に村が発展して街になることは少なくなかった。

クルトは瞳をこれでもかと輝かせ、フランツと同じく拳を握りしめる。

「俺、頑張るぜ！」

そんなクルトのことをダミアンは微笑《ほほえ》ましそうに見ていて、クルトを煽《あお》ったフランツにはマリーアがジト目を向けていた。

「ああ、無理せず毎日の鍛錬が大切だ」

「おうっ！」

そうしてクルトのやる気が最大限に高まったところで、ダミアン、クルトの二人とは別れた。

街の雑踏に消えていく二人を見送ったところで、フランツはレオナに視線を向ける。

「これから冒険者ギルドに向かうので問題ないだろうか」

「はい、問題ありません。……しかし早急に済ませたい用事がありまして、先に昼食をとっていただくことはできないでしょうか。一時間後にギルドへ来ていただければ、すぐに依頼達成と実技試験合格の手続きができるようにしておきます」

早急に済ませたい用事とは何だろうと少し不思議に思いつつ、深く聞くのも失礼だとフランツはすぐに頷いた。

「もちろん構わない。マリーアも良いか？」

「ええ、実はお腹空《なかす》いてたのよね」

「では、私たちは一時間後にギルドへ向かう」

そうして今後の予定は決まり、レオナはフランツとマリーアに感謝を告げながら深く頭を下げると、足早に近くの路地に入っていく。

レオナを見送った二人は、すぐ近くに見えていた食堂に足を進めた。

約束通り一時間後の冒険者ギルドでは、レオナが受付でフランツたちを待っていた。

すでに事務手続きは済んでいるようで、依頼達成の報酬とフランツとマリーアそれぞれにBランクの冒険者カードが手渡される。

「こちらをどうぞ」

「ありがとう」

「これでAランクの依頼まで受けられるようになったのね」

フランツとマリーアはそれぞれカードを眺めてから、落とさないよう鞄《かばん》に仕舞《しま》った。

「お二人の実力を見る限り、Aランクへの昇格も可能だと思いますので、Bランクでしばらく依頼を達成されたら、ぜひ挑戦してみてください」

「分かった、少ししたら昇格を考えよう。──それよりもレオナさん、私に何か言うことはないだろうか！」

瞳を輝かせながらレオナに向かって身を乗り出すフランツに、レオナは僅かに動揺を滲《にじ》ませる。

しかしすぐに冷静さを取り戻し、ゆっくりと口を開いた。

「何かとは、どのような内容でしょうか。お二人への頼み事ならば、一つあるのですが」

「頼み！　それは何だ？」

やけに前のめりなフランツにレオナは困惑の表情を浮かべながらも、二人のみに届く程度の声量で告げる。

「実はリウネルという港街で、魔物被害が増えて困っているようなのです。もしよろしければ、そちらに向かっていただけますか？　実力のある冒険者が足りないようでして」

レオナのその言葉にフランツはガクッと落ち込んだが、すぐに復活して大きく頷いた。

「――分かった。港街で海の魔物を倒すのは冒険者のロマンだ。マリーアが賛成してくれるのならば、獣人とのことが解決し次第、リウネルへと向かおう」

「わたしは別にいいわよ。フランツのロマンってやつに従うと、碌《ろく》なことにならない予感がするけど……他に行きたいところもないもの」

「ありがとうございます。では、ぜひよろしくお願いいたします」

二人の返答に、レオナは僅かに眉を下げながら深く頭を下げた。

そんなレオナに、フランツはまたしても前のめりで声をかける。

「それで、他に話はないだろうか？」

「あんたはさっきから何なのよ？　何か話があるならさっさと言いなさい！」

受け身のフランツに焦《じ》れたのか、マリーアがそう言ってフランツの背中を叩くと、フランツはかなり躊躇《ためら》いながらも、レオナが首を傾《かし》げていることを確認してから口を開いた。

「……私を、弟子にしてくれないだろうか」

その言葉は、かなり予想外だったのだろう。レオナはパチパチと目を瞬かせると、不思議そうに首を傾げながらポツリと呟《つぶや》いた。

「私は弟子を取っておりませんが……それにフランツさんはどちらかというと、弟子を取る方ではないでしょうか」

「あんた、何言ってんのよ」

レオナからバッサリ断られ、マリーアにも胡乱《うろん》げな瞳を向けられたところで、フランツは諦めて大きく息を吐き出した。

「いや、そうだな。申し訳ない」

フランツは一気に落ち込み、視線を下げる。

（実技試験で高い実力を認められ、ギルドの試験員である者に弟子として認められるのが王道なのだが……やはり私は、冒険者としてまだまだということだな）

その王道は冒険小説の中だけであるが、フランツは決意のこもった瞳で拳を握りしめた。

（もっと研鑽を積もう）

そんなフランツに、マリーアが突っ込む。

「何を考えてるのか分からないけど、多分その決意は必要ないと思うわよ？」

「いや、そんなことはない。毎日の鍛錬メニューを少し変更して――」

そうして最後にフランツがやる気を高めたところで、二人の実技試験兼依頼は終了となった。

「ではレオナさん、今回は助かった。また会うことがあれば、その時はよろしく頼む」

「レオナさんのおかげで、スムーズに実技試験が終わったわ」

「こちらこそ、お二人には試験へ積極的に協力していただき、とても助かりました。これからもよろしくお願いいたします」

フランツとマリーアは丁寧に頭を下げるレオナに見送られ、冒険者ギルドを後にした。

それから約二週間後。警備隊の詰所でもあるハイゼの外壁内の休憩室にて、フランツとマリーアはイザークと他十名ほどの第一騎士団員と顔を合わせていた。

「団長……あなたは短期間で何度、騎士団案件を持ってくれば気が済むんですか⁉」

休憩室の扉が閉まってすぐに、イザークが叫んだ言葉だ。

「突然呼び出してすまないな。しかし信頼できる者たちにしか頼めないことなのだ」

「はぁ……確かに獣人との交流なんて、下手な人に頼めないのは分かります。でも何で、冒険者をやってると獣人と交流できることになるんですか。本当に意味が分かりません」

イザークは疲れた表情で呟き、それにマリーアが何度も首を縦に振って、同意を示していた。

するとそんなマリーアに気づいたイザークが、マリーアの手を取る。

「マリーアさん、色々とありがとうございます……」

「いいのよ。あんたも苦労するわね」

二人は交わした言葉は少ないが、深く通じ合っている様子で何度も頷き合った。

そんな二人を見て、フランツが口を開く。

「いつの間に、そんなに仲良くなったのだ？」

その言葉を聞いた二人は、同時に声を発した。

「あんたのせいよ！」

「団長のせいです！」

それからフランツとイザークたち騎士団員で、情報のすり合わせを行い、獣人との交流をすることになった流れに関する詳細や、麓の村について、さらには集落についても要点を説明する。

そして最後に、村ではフランツに対して冒険者として接するようにと伝えたところで、一行はさっそく村を経由して獣人の集落に向かうことになった。

小さな村にたくさんの馬の世話をできる場所はないということで、数台の馬車で連なって向かう。

フランツとマリーアが乗った馬車には、イザークの他に二名の騎士が乗り込んだ。

「そういえば団長、頼まれてた毒薬の調査、結果が出ましたよ」

馬車が動き出してすぐに発せられたイザークの言葉に、フランツは一気に表情を真剣なものに変えた。

イザークに続きを促す前に、マリーアに視線を向ける。

「ここで話しても良いか？」

「別にいいわ。わたしは聞かなかったことにするから」

「分かった、ありがとう。ではイザーク、報告を」

「はっ。まず毒薬の入手経路ですが、こちらの特定はほぼ不可能であると結論づけられました。毒薬の種類が特殊なものではなく、入手経路が多岐にわたります。それら全てを洗うのは難しいです」

「そうか……分かった」

予想していた結論だが、実際に結果として突きつけられると、フランツは少し落胆した。

(やはり証拠を残すようなことはしないか)

続きを促すようイザークに視線を向けると、イザークは頷《うなず》いて口を開く。

「ヴォルシュナー公爵の関与も不明となっております。しかしハイゼ子爵の息子であるスヴェンがヴォルシュナー公爵と関係がある可能性ですが、こちらは可能性ありとの調査結果が出ております。団長の疑いを聞き過去について調査中ですが、一時期公爵はハイゼ子爵夫妻を頻繁に屋敷へ招いていたとか」

その調査結果を聞き、マリーアは顔を顰《しか》めた。

フランツも眉間に皺《しわ》を寄せて考え込む。

(もしスヴェンが公爵の子であった場合、今回の襲撃の動機はハッキリする。スヴェンが成長するにつれて公爵に似てきたことにより、醜聞となり得るスヴェンを消そうと考えた

のだろう。──許せないな）

「スヴェンに関しては調査を続行し、ヴォルシュナー公爵に悟られることなく、スヴェンを守護するように」

「かしこまりました」

そうしてフランツがイザークから様々な報告を受けているうちに、馬車は村の近くに到着した。

村の入り口に馬車が止まると、それに気づいた村人たちが外に姿を見せ、フランツとマリーアを見て安堵《あんど》の表情を浮かべる。

「フランツさんとマリーアさん、戻ってきたんだな」

「ああ、獣人の集落との交流について、騎士団で対処をしてくれるらしい。こちら第一騎士団の方々だ」

冒険者としての立場でフランツがイザークを示すと、イザークは騎士団の副団長らしくビシッと挨拶をした。

「第一騎士団の副団長を拝命している、イザーク・ホリガーである。獣人との交流については、今後騎士団が主導で調整を行うつもりだ。貴殿らにも協力してもらえるとありがたい」

イザークのその言葉に村人たちは「おおっ」と憧れが滲んだ表情を浮かべ、笑顔で言った。

「騎士団の人はやっぱりカッコいいな。今村長を呼んでくるから待っててくれ」

それからすぐに駆けつけたアーデルとイザークが挨拶を交わし、一行はさっそく獣人の集落へと向かうことになった。

馬車は村の端に置き、皆で徒歩で森に入る。

今回集落に向かうメンバーに村人たちはいなくて、フランツとマリーア、そして騎士団の面々のみだ。

「結構山を登るんですか？」

イザークの問いかけに、フランツが首を横に振った。

「いや、そこまでではない。一時間ほどだろう」

「意外と近い場所に集落があるんですね……」

「私も驚いたのだ。さらに集落の規模も想定していたものより大きい。文明レベルもそこまで低くないだろう」

その説明に、イザークと他の騎士たちは表情を引き締める。

「獣人たちは、団長の立場を知ってるんですよね？」

「ああ、交流するにあたって真実を伝えてある」

「分かりました。では団長、獣人の集落では第一騎士団の団長として働いてくださいね」

イザークのその言葉に、フランツは口角を上げながら頷いた。

「もちろんだ。任せておけ」

前を向いて少し先に進んだフランツの後ろ姿を、イザークは微妙な表情で見つめる。

——団長はなんかズレてるし面倒な性格してるけど、やっぱり頼りになるんだよな。

そんなことを考えながら、悔しそうに眉間に皺を寄せたイザークは、気持ちを切り替えるように首を少し横に振ると、またフランツの隣に並ぼうと足を進めた。

「そういえばイザーク、私たちは獣人の女性を一人、パーティーの仲間として迎え入れることにしたのだ。したがって、正体を隠して冒険者をしている獣人とも交流ができるかもしれない」

フランツが世間話のように口にすると、マリーアが胡乱な眼差《まなざ》しをフランツに向ける。

「なんでそんな話になるのよ。正体を隠して冒険者をしてる獣人なんて存在、普通はいないでしょ？」

「……そうなのか？　しかし冒険者とは結構な頻度で、正体を隠した獣人を仲間に引き入れるものだと思うが」

「あんたね……それは冒険小説の中だけよ!!　やけに嬉々《きき》として夕夕を仲間に引き入れたと思ったら、そういうことだったのね！」

マリーアの心からの叫びに、フランツは首を傾げた。

「では冒険者の中に、獣人であることを隠した者は一人もいないのだろうか」

その疑問には、マリーアはグッと喉を詰まらせるような声を出す。そしてどこかバツが悪そうな表情で、視線を下げて言った。

「……そう言われると、確かにいないとは言いきれないかもしれないけど……」

いないことを証明するのは、ほぼ不可能なのだ。

「やはりそうだろう。タタがいることで、そういう者たちとの距離が縮まると良いな。元々人間社会に溶け込んでいる獣人というのは、獣人と人間の交流を進めていく上で、必ずプラスに働いてくれるはずだ」

期待のこもったフランツの言葉に、イザークが遠い目をしてポツリと呟《つぶや》く。

「やっと団長が言ってた言葉の意味が分かりました……。獣人と交流するには冒険者になるのが一番だとか、市井には必ず獣人がいるはずだとか、何を言ってるんだと思ってましたが、そういうことだったんですね……」

イザークの疲れたような声音に、マリーアが励ますように肩を叩《たた》いた。

「元気出しなさい」

「マリーアさん……」

またしても二人で見つめ合うマリーアとイザークに、フランツが口を挟む。

「もしや、二人は好き合っているのか？　いつそのような関係性になったのか分からないが、私は応援し……」

「違うわよ！」

「まったく違います！」

フランツの言葉が終わる前に、二人から同時に突っ込みが入った。

「しかし、息が合っているようだが」

今度は二人が同時に同じような表情でため息を吐《っ》いたところで、それまで静かに足を動かしていた騎士団員たちが、堪えきれないというように吹き出す。

「だ、団長も、副団長も、笑わせないでください……っ」

「わざとですか……っ？」

「わざとなわけあるか！　お前ら、今すぐに笑いを収めないと鍛錬メニューを二倍にするぞ！」

ヤケクソのようなイザークの叫びに、騎士団員たちは一糸乱れぬ動きで「はっ」と表情を引き締めながら胸に拳を当てた。


それからも主にフランツ、マリーア、そしてイザークの会話のせいで、あまり緊張感がないまま森の中を進んでいくと、フランツが人の気配を察知して足を止めた。

そのすぐ後に騎士団員の皆も緊張の面持ちで足を止め、周囲に視線を向ける。

一行が止まってからすぐに、木を伝ってくるような形で姿を現したのはネウスだ。

「フランツ、やっと戻ってきたな！　皆が早く来ないかって待ちくたびれてるぞ」

「ネウス、出迎え感謝する。第一騎士団の皆を連れてきた」

「イザーク・ホリガーだ。第一騎士団の副団長をしている」

「おうっ、俺はネウスだ。さっそく集落に案内するな。長《おさ》もちょうど広場にいるぜ」

「それは良かった」

テンション高めなネウスは、イザークたちへの挨拶もそこそこに、皆を集落へと案内した。集落に入ってそのまま向かったのは、フランツとエッグリートの決闘が行われた中央広場だ。

するとそこでは、集落の長であるエッグリートが若い獣人たちに稽古をつけていた。

「長！　フランツが戻ってきたぞ」

ネウスの呼びかけに、エッグリートや他の獣人たちが一斉にフランツに視線を向け、楽しげな表情を浮かべる。

「おっ、待ってたぞ」

「待ちくたびれたぜ！」

「他にも強そうな人間がいるな！」

フランツたちは広場の中に入り、エッグリートと対面した。

「エッグリート、ここにいるのが私の部下である第一騎士団の騎士たちだ。この者が副団長で、これからの交流において責任者を務めることになる」

　フランツに紹介されたイザークは、獣人としての性質が濃く現れているエッグリートに僅かに緊張の様子を見せながらも、笑顔で一歩前に出る。

「第一騎士団の副団長である、イザーク・ホリガーだ。よろしく頼む」

「おう、よろしくな。俺はこの集落の長でエッグリートだ。……イザークも随分と強そうだなぁ」

　エッグリートが楽しげに口端を持ち上げると、イザークは即座に首を横に振った。

「いや、俺は事務仕事が得意なんだ」

　そう言ってエッグリートの視線から逃れようとするが、イザークの意に反してフランツが口を挟んだ。

「イザークは事務仕事ももちろん有能だが、戦闘面でもとても頼りになる。特に投擲《とうてき》技術は凄《すご》いぞ」

「ほう、それは一度手合わせしてみてぇな」

　完全にエッグリートにロックオンされたイザークは、フランツに恨めしげな視線を向けた。

　しかし切り替えるように表情を引き締めると、エッグリートの瞳をしっかりと見返して頭を下げる。

「これから長い付き合いになると思うが、よろしく頼む。騎士団は獣人と人間が種族の差を感じることなく、共存できる未来を目指している。そのためにまず、できることから段階を踏んでいきたい」

「随分と高い理想を持ってるんだな。でも俺はそういうの嫌いじゃないぜ」

「それは良かった。できる限り同じ方向を向いて、同じ熱量で進めていけたらと思う」

イザークの言葉にエッグリートが頷《うなず》いたところで、フランツが口角を上げながら口を開いた。

「ではさっそく詳しい話を進めよう。我々としては交流の第一段階として、獣人の戦士数人に騎士団へと仮入団をしてもらおうと思っている。騎士は帝国内で一番、民から信頼されている立場だ。獣人がその立場になることで、皆が獣人を受け入れやすくなるだろう」

「やっぱりまずは騎士なんだな。それに反発とかはないのか?」

「皇帝陛下が了承してくださったので、大きな反発はないはずだ。ただ一部の貴族が反発はするだろう。それは上手《うま》く抑え込む。……イザーク、頼んだぞ」

面倒なことを頼まれたイザークだが、獣人たちの前だからかすぐに了承する。

「かしこまりました。他の騎士団と、文官たちにも協力してもらい、上手く獣人たちが受け入れられるように配慮します」

「ということだ。エッグリート、騎士団に仮入団する人員として最適な者はいるか？」

フランツの問いかけに、エッグリートは顎の下を撫《な》でるようにしながら考え込んだ。

「騎士団っていうのは、規律が大切だよな？」

「ああ、真面目な者が向いている。そしてやはり反発や偏見もあるだろうから、我慢強い者が良いな。喧嘩《けんか》っ早《ぱや》い者は最初は避けたい」

「それは、獣人の気質的に難しいなぁ……」

獣人は基本的に、好戦的で好奇心旺盛な者が多い種族だ。

エッグリートはしばらく難しい表情で考え込み、鋭い爪が光る指を三本立てた。

「騎士団を希望していた者の中から、三人ほど適切な者が思い浮かんだ。少ないか？」

「いや、ちょうど良い人数だな。そのぐらいならば対応も容易だろう。……その三人の容姿を教えてくれるか？　人間にとって、獣人の特徴がどれほど外見に現れているのかによって、かなり受ける印象が変わるのだ」

フランツのその言葉に、エッグリートは自分の体を何気なく見下ろす。

エッグリートの体は全体的に被毛で覆われていて、筋肉のつき方も人間とは少し違う。そして何よりも目立つのは、人間にとっては恐怖の対象となり得る鋭い爪だ。

「俺みたいなやつは反発されやすいってことか？」

「ああ、やはり人間から離れている方が、受け入れられるのは難しいだろう。しかし人間に近い者だけが受け入れられたところで意味はないので、できればエッグリートのように獣人の特徴が濃い者の方が望ましい。人間に近い者と両方いると、なお良いな」

その説明を聞いたエッグリートは、ニッと楽しげに口端を持ち上げた。

「そういうことか。それならちょうど良い。先ほどの三人のうち、一人はタタとかハニールカみたいな耳と尻尾だけが獣人の特徴を持つ者で、他二人は私のように全身だ」

「それは良いな。ではまず、その三人から交流を始めたいと思う。本人の了承は取れるだろうか」

「ああ、今からここに集めよう」

エッグリートが近くにいた若い獣人に三人の名前を告げると、すぐ三人を呼びに行くためその場を離れた。

そうして少し待ち時間が生まれたところで、遠くからフランツを呼ぶ声が聞こえた。

「フランツ、マリーア！」

瞳を輝かせながら駆け寄ってくるのは、エッグリートの娘でフランツたちの仲間となるタタだ。

「タタ、久しぶりだな。準備はどうだ？」

「もうバッチリ。すぐにでも行けるよ！」

「それなら良かったわ。……ただそれにしても、元気な仲間が増えるわね～」

少しゲンナリとしたマリーアに、イザークがこそっと問いかける。

「あの女性が新しい仲間ですか？」

「そうよ。とにかく元気で猪突猛進《ちょとつもうしん》、強い人が大好きって感じの子ね。フランツの強さに惚《ほ》れて、慕ってるの」

「……頑張ってください」

イザークの心からの言葉に、マリーアはしみじみと頷いた。

「頑張るわ。タタの影響でフランツが暴走しすぎないように」

「ぜひお願いします……」

二人は固い握手を交わしてからフランツとタタに視線を戻し、イザークがポツリと呟く。

「団長、婚約者候補がいるのに女性ばかり仲間にして大丈夫なのかな……」

そんな呟きをマリーアが拾った。

「それ、わたしもかなり気にしてるのよ。フランツの婚約者候補が突然来たりしない？」

「さすがにそれは……どうなんでしょうか」

嫌な予感を覚えたのか、イザークはマリーアに視線を向け、マリーアもイザークと視線を合わせ、二人は同時にため息を吐いた。

「本当に大変なことになったら、俺に連絡してください」

「ありがとう。助かるわ」

二人がそんな話をしている間にタタは忘れ物をしたのかどこかに駆けていき、そんなタタを見送ったエッグリートがフランツに「そういえば」と声をかけた。

「フランツに頼みたいことがあるんだが」

「何だ？　できることならば応えよう」

「ありがとな。前回の時に冒険者になりたいって言っていたやつがたくさんいたと思うんだが、特に十人ぐらい本気のやつがいるんだ。タタは例外で、すぐ冒険者になれるわけじゃないのは分かってるが、冒険者について教えてやってくれねぇか？　俺たちはあんまり知識もないからな」

　冒険者に本気でなりたいという言葉を聞き、フランツは瞳を輝かせてすぐに頷いた。

「もちろん、私が知っていることは教えよう。冒険者の詳しい仕組みや心得など、前回伝えられなかったことを伝えれば良いだろうか。それとも冒険者の素晴らしさか？」

「そうだなぁ。まあ、その辺を頼む。俺もよく分からねぇからな」

「分かった。任せておけ」

　そうして楽しげに口角を上げたフランツはやる気十分に、周囲に集まっていた獣人たちに視線を向けた。

「冒険者を目指している者はここにいるか？」

　その問いかけに、数人の獣人が元気よく手を挙げる。

「俺だ！」

「冒険者、やってみてぇんだ！」

「私もよ」

「分かった。ではこちらへ集まってくれ。そして他の者も呼んで来てくれるか？」

「おうっ、ちょっと待っててくれ」

そうして騎士団に仮入団する候補者を待つ間、フランツによって冒険者志望の獣人たちに、冒険者に関する講義をすることになった。

他の者を呼びに向かった獣人たちをしばらく待ち、フランツの前には十人を超えた獣人たちが集まる。そんな獣人たちをゆっくりと見回しながら、フランツは楽しげな笑みを浮かべて口を開いた。

「では改めて、皆に冒険者という職業の素晴らしさから伝えようと思う。冒険者は常日頃から鍛錬を欠かさず、弱き者を助け、真摯で優しく、勇敢であり、皆から慕われている、尊敬できる者たちのことだ」

自信満々にフランツが告げた冒険者の説明に、話を聞いている獣人たちはこれでもかと瞳を輝かせた。

しかしマリーアとイザークは呆《あき》れたような表情を浮かべ、ポツリと小さな声で呟《つぶや》く。

「誰の話をしてるのよ……」

「俺の知らない冒険者だな……」

二人の呟きに被《かぶ》せるように、フランツの話を聞いていたネウスが声を発した。ネウスも冒険者を目指す獣人のうちの一人だ。

「そんな冒険者が、人間にはどれぐらいいるんだ？」

「そうだな、数万はいるだろう」

「おおっ、すげぇな！」

「そうだ。帝国はもちろん騎士団が平和を保つように努力を重ねているが、冒険者の存在も平和の維持に大きく寄与している」

それからもフランツが今までに出会った素晴らしい冒険者や、フランツとマリーアが受けてきた依頼について、そして冒険者の決まりやギルドの仕組みなどを話していくと、獣人たちはどんどん前のめりになり、その場の雰囲気が高揚していった。

「俺ら、フランツさんが説明してくれたみたいな最高の冒険者になるぜ！」

「冒険者ってカッコいいヒーローなんだな！」

「私も素敵な冒険者になるわ」

「ええ、最高の冒険者を目指すわ」

「楽しくなってきたな！」

獣人たちのそんな反応に、フランツは大満足だ。

「帝国民の一人として、そして冒険者として、皆の心意気を頼もしく思う」

　フランツの言葉に獣人たちが拳を握りしめて、歓声のような雄叫《おたけ》びを上げた。

　そうしてフランツによる講義が最高潮に盛り上がっているところに、三人の獣人が姿を現した。

　他の獣人たちとは少し雰囲気が違う三人に、フランツが視線を向ける。すると騒いでいた獣人たちも、三人の登場に高揚する様子を見せた。

「おっ、やっと来たか」

　エッグリートがそう言って笑顔で三人を自分の下に呼ぶと、フランツに声をかけた。

「フランツ、この三人が騎士団に仮入団する候補者だ」

　その言葉にフランツが答える前に、三人のうちで一番背の高い男が口を開く。

「俺たちを選んでくれたって聞いたが」

「ああ、エッグリートが選んでくれた。三人は騎士団に入りたいという気持ちに変わりはないか？」

　フランツの質問に、三人ともすぐに頷いた。

「変わりはない」

「ぜひ騎士にならせてくれ」

「よろしく頼む」

エッグリートが選んだ通り、三人は他の獣人たちよりも落ち着いていて、騎士団への仮入団に適しているようだ。

そんな三人の言葉に、フランツは笑顔で頷《うなず》いた。

「もちろんだ。では皆、これから仮入団の指揮を執る者を紹介する。第一騎士団で副団長として私の補佐をしてくれている、イザークだ」

「イザーク・ホリガーと言う。よろしく頼む」

三人は挨拶をしたイザークに、軽く頭を下げる。

「よろしくな」

そして挨拶が終わると、さっそく疑問を口にした。

「第一騎士団っていうのは、何をやる組織なんだ？　詳しいことは何も知らないんだが」

その疑問にはイザークが答える。

「基本的な職務は、帝都とその周辺の警備、そして国難への対処だ。しかし他の騎士団の応援に向かったり、手が空いていたら別の仕事を割り振られることもある」

「頭を使う仕事は少ないか？」

「そうだな……割り振られる立場によっては知識を必要とする場面もあるが、基礎知識にしても俺たちと獣人である君たちでは、その種類が違うだろう。したがって、基本的には武力が必要な仕事を割り振ることになるはずだ」

その説明に三人は納得したように頷いたが、その中で一番小柄で獣人の特徴が耳にしか出ていない男が、スッと手を挙げた。

「人間の知識を知りたいって言ったら教えてくれるか？」

「それはもちろん教える。むしろ積極的に覚えてほしいし、獣人の知識も俺たちに教えてほしい」

「本当か？　もちろん積極的に学ぼう。そして獣人の知識も教える。……長《おさ》、別にいいよな？」

男がエッグリートに確認を取ると、エッグリートはすぐに頷く。

「ああ、問題ないぜ」

「ということだ」

「ありがとう。感謝する」

それからもいくつか三人の疑問にイザークが答え、書類への記入等も含めて、仮入団にあたっての詳細を詰めていった。

そこでフランツは自分の役目は終わりだと、マリーアに視線を向ける。

「マリーア、私たちはハイゼに戻ろう」

突然のフランツの言葉に、マリーアは目を見開いた。

「もう戻っていいの？」

「ああ、私は休暇中だからな。エッグリートとイザークたちを仲介する立場としてここに来たが、もうイザークたちも受け入れてもらえたようだし、私は必要ないだろう。休暇は短いのだ、早く冒険者に戻らなければ」

瞳を楽しげに光らせながらそう言ったフランツに、マリーアは苦笑しつつ頷く。

「そうね、あんたは本当にブレなくて凄《すご》いわ。じゃあハイゼに戻って、次はリウネルって港街に行くんだっけ？」

「ああ、港街なんて楽しみだな！　私は絶対に海で釣りをする」

「そういえば冒険小説って、釣りをすることが多いんだったわね。それで海の魔物に襲われるのよ」

呆れを顔に滲《にじ》ませながら小さな声で呟いたマリーアは、港街に意識を飛ばしているフランツの背中を叩《たた》いた。

「釣りぐらい付き合ってあげるわ」

「本当か！　ありがとう。ではさっそく行かなければ。タタはどこに……」

周囲を見回したフランツの目に、フード付きのローブを着たタタが走ってくるのが見える。

「ちょうど戻ってきたようだな」

タタは二人の前で立ち止まると、息を整えながら笑顔で顔を上げた。

「準備完了だよ。早く行こ！」

「今ちょうど行こうって話をしてたところよ」

「次の行き先は港街リウネルとなる。構わないか？」

「もちろん！　あたしはフランツと一緒にいられるなら、なんでもいいからね。旅の途中で稽古とか付けてくれる？」

「もちろん構わない。共に鍛錬をしよう」

「やった〜！」

そうして生まれ育った集落を離れるというのに明るく元気なタタと共に、フランツとマリーアは皆にしばしの別れを伝えて回った。

多くの者たちにもう少し滞在したらどうかと引き留められたが、フランツとタタの冒険者生活への希望を聞くと、皆が苦笑や羨望の眼差《まなざ》しで送り出してくれる。

「タタ、たまには帰ってくるんだぞ。迷惑はかけないようにな」

「もちろん！」

エッグリートとの挨拶も終え、最後に声を掛けたのはイザークだ。しかし別れを惜しむという雰囲気は皆無で、イザークはフランツに懇々と頼み込んだ。

「団長、数ヶ月でいいので、大人しく冒険者として活動していてください。絶対ですからね？　こっちは団長が投げてきた案件で、手一杯なんです」

「善処しよう」

すぐ頷いたフランツに、イザークは遠い目で呟いた。

「悪い予感しかしない……」

しかしイザークは首を横に振ると、騎士として引き締まった表情で告げる。

「では団長、騎士団のことは任せてください。ただどうしても団長の力が必要な時には、連絡させていただきます」

「ああ、その時にはすぐ伝えてくれ。じゃあイザーク、頼んだぞ」

その言葉にイザークが頷いたのを確認して、フランツとマリーア、そして新しい仲間であるタタは、獣人の集落の出口に向かった。

「では皆、また会おう」

「行ってきま～す！」

皆に笑顔で見送られながら、三人は集落を後にした。

「マリーア、タタ、さっそくリウネルに行こう」

「ええ、港街なんて楽しみね」

「最高にわくわくするね！」

森の中を歩く三人の表情は、楽しげに緩んでいた。

◇　◇　◇

フランツたちがリウネルを目指している頃。帝都宮殿の皇帝執務室では、皇帝と宰相が共に報告書を覗《のぞ》き込み、瞳に尊敬の色を宿していた。

「フランツ騎士団長が冒険者となって、まだ一ヶ月ほどだ。その間にゴブリンの巣を駆逐し、帝都の孤児院の不正を暴き、ハイゼ子爵を狙った暗殺者を撃退し、その黒幕を探るために毒物を採取。さらにはサンダーレパードの討伐に、獣人との交流のきっかけ作り」

「信じられないほど、功績を積み上げておりますね……」

二人は主にイザークから上がってきている報告書に視線を落とし、感嘆の声を上げた。

「やはり冒険者となったことに、大きな意味があったのだな」

「そうでございますね……いやはや、天才とはこうも素晴らしいものですか。フランツ騎士団長には何度も驚かされます。冒険者になる理由が分からないなどと言っていた自分が恥ずかしいです」

「本当だな。やはりフランツ騎士団長のような存在には、極力自由に動いてもらうのが良いのだろう」

皇帝のその言葉を聞き、宰相は新たな報告書を一枚執務机に置いた。

「陛下、こちらもご覧ください」

「またイザーク副団長からか？」

「いえ、冒険者ギルドからです。定期連絡なのですが、一部の冒険者が急に仕事に対して意欲的になり、ギルドの荒《すさ》んだ雰囲気が少しだけ改善しているとか」

宰相のその言葉に、皇帝は目を見開く。

「まさか、これもフランツ騎士団長の狙いなのだろうか。確かに冒険者という仕事に関する世間の評価は、いつか対処をしなければいけない問題だと思っていたが」

「上から押さえつけても改善しない事柄のため、後回しになっておりました。そこを自ら冒険者という身分に下りることで、問題を解決しようとしているのでしょう」

「本当に、フランツ騎士団長はどこまで考えているのか……」

皇帝はしばらくギルドからの報告書を見つめ、信頼のこもった眼差しを窓の外に向けた。

「このままフランツ騎士団長が活動することで、帝国の雰囲気はかなり上向くかもしれないな。冒険者に関する諸問題の改善は、犯罪件数も大幅に減らすだろう」

「はい。魔物被害も減少することでしょう。それから魔物素材が多く手に入ることで、魔道具研究も進むかもしれません」

皇帝と宰相は顔を見合わせ、同じタイミングで頷いた。

「フランツ騎士団長の要望には、極力応えよう」

「かしこまりました。そのように手配しておきます」

エピローグ

月日を少しだけ遡り、実技試験を兼ねた村での依頼を達成し、フランツたちがハイゼの街に戻ってきた日のこと。

一時間後に冒険者ギルドでレオナと集合することになったフランツたちは、昼食をとるために食堂へと入った。

そして二人と別れたレオナは――ある宿屋の一室に急ぎ足で向かった。

そこはハイゼの街中で最も高級な宿屋で、レオナが入ったのはその中でも特に豪華なスイートルームだ。

「カタリーナお嬢様、ただいま戻りました」

室内に入ったレオナが声を掛けると、ソファーに腰掛けて侍女にお茶を淹《い》れさせていたカタリーナが、前のめりにレオナを迎える。

「レオナ、やっと帰ってきたのね！　それで、何か分かったかしら」

「少し情報を得ることはできましたが……フランツ様に近づいて有益な情報をなんて、お嬢様はいつも無茶《むちゃ》振りが過ぎます」

苦言を呈したレオナに、カタリーナは拗《す》ねたように唇を尖《とが》らせて視線を逸《そ》らした。

「たまには良いじゃない。いつもしっかりとしているのだから。それにこれは大切なことなのよ。フランツ様の婚約者候補に選ばれている私が、真に婚約者として選ばれるために必要なことなの。私の望みというよりも、お父様、いえエルツベルガー侯爵家の望みなのよ！」

拳をぐっと胸の前で握りしめたカタリーナに、レオナは疲れたようにため息を吐き出す。

「確かに大切なことだとは思いますが、貴族令嬢はパーティーやお茶会、お手紙や贈り物などでご自身をアピールするものです」

「そんなの分かっているわ。でもフランツ様が長期休暇を取られ、冒険者になってしまったのだから仕方がないじゃない。二年も会わなければ、婚約者候補になったとはいえ、私のことなんて忘れられてしまうわ」

カタリーナの言葉に、相手であるフランツも普通とはかけ離れていることを思い出したのか、レオナは頭痛がするような表情を浮かべながら、曖昧に頷《うなず》いた。

「それで、何が分かったの？　何をすればフランツ様に選んでいただけるのかしら」

「今回の調査で分かったことは、フランツ様は冒険小説の主人公に憧れているということですね。深いお考えの下で冒険者になられた……のだとは思いますが、その憧れも突然冒険者になられた理由の一つかもしれません」

「まあ、冒険小説の主人公に？　確か私もいくつか読んだことがあるわ」

両手を顔の横で合わせて表情を明るくしたカタリーナは、しばらく悩み、突然勢いよくソファーから立ち上がった。

「これだわ！」

カタリーナは瞳を輝かせながら、レオナに視線を向ける。

「レオナ、私は魔物に襲われている貴族令嬢になるわ！」

カタリーナの突然の宣言に、レオナだけでなく室内にいた侍女や護衛の皆が訝《いぶか》しげに眉間に皺《しわ》を寄せた。

「――何ですかそれは」

「ほら、冒険小説ではよくあるでしょう？　主人公が街道上で、魔物に襲われているご令嬢を助けるのよ。そしてご令嬢と仲良くなり、そのうち恋仲になるんだわ……！　完璧な作戦じゃない！」

「――つまり、カタリーナお嬢様が魔物に襲われているところを、フランツ様に助けていただくということでしょうか」

「ええ、その通りよ」

満面の笑みでレオナの問いかけに頷いたカタリーナに、レオナはガクッと体を傾かせそ

うになり、何とか耐える。

「えっと……それは少し無謀と言いますか、フランツ様に選んでいただく作戦としては、突拍子もないと言いますか」

「でもフランツ様は冒険小説の主人公に憧れているのでしょう？　それならば、喜んでいただけるのではないかしら」

もうこの作戦を実行する気満々になってしまったカタリーナに、レオナは諦めの表情で口を開いた。

「……かしこまりました。しかしどのように実行されるのですか？　魔物に襲われるためには、魔物をどこからか連れてこなければなりません。またフランツ様たちが向かう場所に、先回りする必要があります」

その問いかけに、カタリーナはしばらく悩んでから口角を上げた。

「確かうちの警備隊が、レッドボアが好む果物を発見したのではなかったかしら。それを使ってレッドボアを誘《おび》き寄《よ》せましょう。先回りについては……どうすれば良いかしら」

「──確かにレッドボアならば、そこまで危険はないでしょう。先回りは、私がギルド職員として次に向かっていただきたい場所を伝えることはできます」

レオナが眉間の皺を深くしながらも、カタリーナの要望を実現するために口添えをすると、カタリーナは嬉《うれ》しそうに微笑《ほほえ》んだ。

その表情はとても可愛《かわい》らしく、レオナは毒気を抜かれたように小さく息を吐《つ》く。

「さすがレオナだわ！　ではそのようにして、作戦を実行しましょう」

「しかしカタリーナお嬢様、作戦にはいくつも問題がございます。まず第一に、レッドボアはお嬢様の護衛ならば一瞬で倒せるということです。……というよりも、お嬢様ご本人でも問題なく倒せるでしょう？」

「そこはほら、上手《うま》くやりなさい。私が武術にハマっていたことはほとんど知られていないのだから、気にする必要はないわ」

上手くやりなさいという言葉に、護衛の面々は困惑の面持ちで互いに顔を見合わせた。

しかし主人の要望に応えようと、皆がどうすればレッドボアに苦戦するかを考え始める。

「……かしこまりました。ではその作戦でいきましょう」

もうヤケクソのようにレオナが作戦の採用を伝えると、カタリーナは嬉しそうに微笑んだ。

「ありがとう。皆、よろしくね。レオナも今度は私の侍女としてよろしくね」

「いえ、私はフランツ様に顔を知られてしまったため、ここから先は同行しないようにと考えて……」

「それはダメよ！　レオナには側《そば》にいてもらわないと。そこはたまたまギルドの仕事を手伝っていたとか、色々と理由は付けられるでしょう？」

かなり無茶な理由づけだと思いつつ、レオナはカタリーナに側にいてほしいと言われたことが嬉しかったのか、その提案に頷いた。

「かしこまりました。ではそのように。……そうでした、一つお伝えし忘れておりましたが、フランツ様と共に冒険者をやっているマリーアという女性は、フランツ様の婚約者の座を狙っているわけではないようです」

「ふ〜ん、それなら気にしなくても良いかしら。とりあえず友好的に接するわ」

「それが良いかと思います」

それからも作戦の詳細をいくつか話し合ったところで、レオナはフランツたちの手続きと、次の行き先を伝えるため冒険者ギルドに向かった。

あとがき

この度は「帝国最強の天才騎士、冒険者に憧れる」をお手に取ってくださり、本当にありがとうございました！

著者の蒼井美紗《あおいみさ》と申します。

本作はカクヨムにて開催されていた、第9回カクヨムWeb小説コンテストにて特別賞とComicWalker漫画賞をいただいた作品です。このように無事、書籍として刊行することができ、とても嬉《うれ》しく思っています。

私の面白いを詰め込んだ物語は、皆様にも楽しんでいただけたでしょうか。

本作は勘違いコメディ作品です。私はいわゆる勘違いものと呼ばれるジャンルが大好きで、そのジャンルというだけで、とりあえず読んでみようと、今までたくさんの物語を楽しんできました。

しかし小説を書き始めて三年ほど経《た》ちますが、本作を書くまでは自分の力量のなさゆえに、勘違いものを書こうとしては納得できるものが書けず、挫折していました。

そんな中で完成した本作は、ついに私が思う勘違いコメディものの面白さを、私なりに最大限表現できた作品ではないかと思っています！

皆様にもその面白さが、少しでも伝わっていたら嬉しいです。

本作にはたくさんのキャラクターが出てきますが、皆様はどのキャラクターがお好きでしょうか。

私が特に気に入っているのは、やっぱりフランツです。勘違いものは主人公のキャラクターがとても大切だと思っているのですが、フランツというキャラはあまり悩まず、自然と今の形になりました。

天才だけど少し天然というか、浮世離れしたところがあって、真面目だからこそ素直すぎてしまい、思わぬ方向に周囲を巻き込むけど憎めない。なぜか付いていきたくなるような魅力がある。そんなフランツのことが私はとても好きです。

またそんなフランツの周囲を彩る他のキャラたちも、とても気に入っています。

マリーアというキャラは、フランツとの掛け合いを書く中ですぐに定まりました。少し苦労させているところが申し訳ないですが（主にフランツのせいです……）なんだかんだフランツの側《そば》にいてくれる優しい女性です。

またタタですが、実はタタはＷｅｂ版にいないキャラクターなんです。書籍化するにあたって担当編集様からのご助言をいただき、新しくフランツの仲間になりました。今となっては、絶対にタタがいた方がいい！　と思っています。本当に感謝です。

マリーアがどちらかというと大人な女性なので、元気いっぱいなタタが加わったことによって、物語がより明るく楽しくなっていくはずです。フランツとタタの組み合わせによって、マリーアがさらに大変になりそうなのは……うん、かなり申し訳ないですね。イザークにも度々登場してもらいましょう（笑）。

また最後に少しだけ出てきたキャラクター、カタリーナですが、カタリーナも色々と波乱を起こしてくれるんです。フランツの周りがさらに賑《にぎ》やかになりそうですね。

そんなカタリーナの活躍については、今巻に入らなかったので、次巻以降となります。ただこの場で必ず次巻もあります！　とお約束はできず、申し訳ございません。

本作を気に入ってくださった皆様、どのような形でも構いませんので、本作をおすすめしていただけたら嬉しいです。

そして、また皆様とこうしてお会いできることを祈っております。


最後に本作の刊行にあたり力を貸してくださった皆様に、感謝を伝えさせてください。

物語がより良くなるよう尽力してくださった担当編集のK様。色々とご助言いただき、本当に助かりました。改めまして、ありがとうございました。

さらに素敵すぎるイラストを描いてくださったＬＩＮＯ様。本当にありがとうございました。イラストが最高すぎて、見るたびにテンションが上がっていました。もう全員が私の脳内にあったイメージ以上で、ＬＩＮＯ様にイラストを描いていただいてから、よりキャラクターが鮮明になった気がしています。

また様々な形でお力を貸してくださった出版社の皆様、その他にも本作に関わってくださった全ての皆様に、心からの感謝を申し上げます。

そして最後に、本作を読んでくださった読者の皆様。お手に取ってくださって本当にありがとうございました。またお会いできる時を楽しみにしております！

二〇二四年十月　蒼井美紗

帝国《ていこく》最強《さいきょう》の天才《てんさい》騎士《きし》、冒険者《ぼうけんしゃ》に憧《あこが》れる

著　蒼井美紗《あおいみさ》

角川スニーカー文庫　24476

2025年1月1日　初版発行

発行者　山下直久

発　行　株式会社KADOKAWA
〒102-8177 東京都千代田区富士見2-13-3
電話　0570-002-301（ナビダイヤル）

印刷所　株式会社暁印刷
製本所　本間製本株式会社

Printed in Japan　ISBN 978-4-04-115624-7　C0193

★ご意見、ご感想をお送りください★

〒102-8177 東京都千代田区富士見 2-13-3
株式会社KADOKAWA　角川スニーカー文庫編集部気付
「蒼井美紗」先生
「LINO」先生

本書は、カクヨムに掲載された「帝国最強の天才騎士、冒険者に憧れる」を加筆修正したものです。

角川文庫発刊に際して

角　川　源　義

第二次世界大戦の敗北は、軍事力の敗北であった以上に、私たちの若い文化力の敗退であった。私たちの文化が戦争に対して如何に無力であり、単なるあだ花に過ぎなかったかを、私たちは身を以て体験し痛感した。西洋近代文化の摂取にとって、明治以後八十年の歳月は決して短かすぎたとは言えない。にもかかわらず、近代文化の伝統を確立し、自由な批判と柔軟な良識に富む文化層として自らを形成することに私たちは失敗して来た。そしてこれは、各層への文化の普及滲透を任務とする出版人の責任でもあった。

一九四五年以来、私たちは再び振出しに戻り、第一歩から踏み出すことを余儀なくされた。これは大きな不幸ではあるが、反面、これまでの混沌・未熟・歪曲の中にあった我が国の文化に秩序と確たる基礎を齎らすためには絶好の機会でもある。角川書店は、このような祖国の文化的危機にあたり、微力をも顧みず再建の礎石たるべき抱負と決意とをもって出発したが、ここに創立以来の念願を果すべく角川文庫を発刊する。これまで刊行されたあらゆる全集叢書文庫類の長所と短所とを検討し、古今東西の不朽の典籍を、良心的編集のもとに、廉価に、そして書架にふさわしい美本として、多くのひとびとに提供しようとする。しかし私たちは徒らに百科全書的な知識のジレッタントを作ることを目的とせず、あくまで祖国の文化に秩序と再建への道を示し、この文庫を角川書店の栄ある事業として、今後永久に継続発展せしめ、学芸と教養との殿堂として大成せんことを期したい。多くの読書子の愛情ある忠言と支持とによって、この希望と抱負とを完遂せしめられんことを願う。

一九四九年五月三日

黒雪ゆきは
Kuroyuki Yukiha
画｜魚デニム
ill.Uodenim
極めて傲慢たる悪役貴族の所業
The Deeds of an Extremely Arrogant Villainous Noble
カクヨム
《異世界ファンタジー部門》
年間ランキング
第1位
悪役転生×最強無双
その【圧倒的才能】で、
破滅エンドを回避せよ!
俺はファンタジー小説の悪役貴族・ルークに転生したらしい。怪物的才能に溺れ破滅する、やられ役の“運命”を避けるため――俺は努力をした。しかしたったそれだけの改変が、どこまでも物語を狂わせていく!!

スニーカー文庫